로크미디어가
유혹하는
재미있는 세상

ROK
MEDIA
로크미디어

이것이 법이다

이것이 법이다 87

2020년 5월 20일 초판 1쇄 인쇄
2020년 5월 25일 초판 1쇄 발행

지은이 자카예프
발행인 이종주

총괄 김정수
경영 지원 배진경 임혜솔 송지유

기획 이기헌 왕소현 박경무
책임 편집 최전경

발행처 (주)로크미디어
출판등록 2003년 3월 24일
주소 서울시 마포구 성암로 330 DMC첨단산업센터 3층 318호, 319호
Tel (02)3273-5135 **편집** 070-7863-8592 **Fax** (02)3273-5134
홈페이지 rokmedia.com **E-mail** rokmedia@empas.com

ⓒ 자카예프, 2015

값 8,000원

ISBN 979-11-354-5671-8 (87권)
ISBN 979-11-255-9575-5 04810 (세트)

이것이 법이다

87

자카예프 장편소설

로크미디어

CONTENTS

얼굴의 철판이 두껍네

　노형진은 학교에 가다가 어이가 없어서 혀를 끌끌 찼다.

　정문에 '학교 폭력 방지 우수 학교'라고 적힌 플래카드가 보란 듯이 휘날리고 있었던 것이다.

　"뭐? 학교 폭력 방지 우수 학교? 학교 폭력 은폐 전문 학교라고 하는 게 맞지 싶은데."

　노형진은 비웃음을 날리면서 교무실 안으로 들어갔다.

　그가 낸 인기척에, 바쁘게 일하던 사람들은 잠깐 시선을 돌렸다가 대번에 얼굴을 팍 찡그렸다.

　그럴 수밖에 없는 게, 그가 지난번에 찾아왔을 때 무슨 일이 벌어졌는지 다들 기억하고 있기 때문이다.

　"아이고, 오랜만입니다, 선생님들."

노형진은 천연덕스럽게 말했지만 몇몇은 그를 보고는 불편한 얼굴로 자리를 피했다.

"무슨 일입니까?"

한 남자가 노형진에게 잔뜩 불편한 얼굴로 다가왔다.

노형진은 그를 기억하고 있었다.

'교무주임이군.'

그 당시에 적극적으로 가해자 편을 들던 남자.

학교 망신시킬 일 있냐면서 끝까지 사과로 끝내자고 우기던 남자.

"별건 아닙니다. 다만 보복이 들어와서요."

"보복? 무슨 보복요?"

"진짜 모르시는 겁니까, 아니면 모른 척하시는 겁니까? 송진수 학생 사건 말입니다."

"저는 전혀 모르는데요."

'모르기는 개뿔.'

진짜 모르는 일이라면 그게 무슨 일이냐고 반문해야 한다.

그런데 반문이 아니라 전혀 모른다고 했다.

그게 뭔지 알아야 뭔지 모를 수도 있는 법이다.

"진짜로 모르세요? 뭐, 상관없죠. 그건 제가 정할 게 아니니까."

"그게 무슨 말입니까?"

"특정범죄가중처벌법 5조의 9는 보복 범죄의 가중처벌 등에 대한 규정이죠."

노형진은 그렇게 말하면서 주변을 스윽 둘러봤다.

노형진은 여기에 놀러 온 게 아니다.

저들은 분명 자신들의 범죄를 인정하지 않는다.

자신들이 학생의 인생을 쥐고 있다고 생각해서 보복한 게 뻔하다.

'민사로 걸어 봐야 못 고치겠다고 버틸 건 뻔하고.'

학교의 명예를 외치는 인간들치고 제대로 문제를 해결하려는 사람은 본 적이 없다.

그들에게 있어서 명예란 감춰서 보호하는 거지 고쳐서 드높이는 게 아니기 때문이다.

"길게 이야기하지 않겠습니다. 보복으로 쓰신 생활기록부를 정상적으로 고치시죠."

"우리는 본 대로 쓴 겁니다."

"그래요?"

노형진은 코웃음을 쳤다.

"오로지 악의만 담겨 있는 생활기록부가요?"

"학생이 악독하게 굴어서 그런 걸 우리보고 어쩌란 말입니까? 반성도 없는 학생에게 좋은 소리가 나오겠습니까?"

'그러니까 신고하지 말라고 했는데 신고했다고 저러는 거 아냐.'

노형진은 더 이상 말로 해결해야 할 필요성을 못 느꼈다.

"좋습니다. 그러면 협상은 깨진 거네요."

"협상을 한 적이나 있습니까?"

교무주임의 말에 노형진은 코웃음을 쳤다.

"틀린 말은 아니네요. 그쪽에서 거절할 걸 알고 왔으니 협상은 아니죠. 통지지."

"통지?"

"네, 여러분들이 그렇게 소중하게 여기는 학교의 명예, 거기에다 통칠하겠다는 통지요."

교무주임은 똥 씹은 얼굴이 되었다.

하지만 이내 호기로운 표정이 되었다.

"마음대로 하시죠!"

아무리 노형진이라고 해도 학교라는 집단에 통칠하는 것이 쉬운 게 아니기 때문이다.

범죄는 개개인의 범죄일 뿐이지 학교의 명예와는 상관없으니까.

'기껏해야 학교 폭력으로 고발하겠지.'

하지만 그들이 어떻게 보복하는지 봤으니 신고할 사람은 없다.

그러니 학교에 통칠이 들어올 건 없다고, 교무주임을 비롯한 다른 선생들은 생각했다.

물론 노형진은 그런 그들의 생각을 뻔하게 알고 있었다.

"아까 말씀드렸잖습니까, 협상이 아니라 통지라고."

노형진은 그렇게 말하면서 슬쩍 시계를 바라보았다.

"올 때가 되었는데요."

"뭐가 와요?"

때마침 사이렌을 울리면서 들어오는 검은색 차량.

그 차량에서 내린 오광훈은 수사관을 대동하고 교무실로 들어왔다.

"여기 김수식 선생님 계십니까?"

"네? 저…… 전데요?"

30대로 보이는 남자가 당황해서 일어나 오광훈을 바라보았다.

오광훈은 그런 그를 보면서 미소 지었다.

"특정범죄가중처벌법 위반으로 고발이 들어왔습니다. 동행 좀 해 주셔야겠는데요."

"네?"

갑작스러운 상황에 김수식의 눈이 격하게 떨리기 시작했다.

"학생에게 보복을 할 목적으로 생활기록부를 조작했다는 고발이 들어왔습니다. 동행을 해 주시죠."

"아니, 그건……."

그는 어쩔 줄 몰라 했다.

노형진은 그걸 보면서 피식 웃으며 말했다.

"제가 말씀드렸죠, '통지'라고?"

협상이라면 나중에 불러야 한다.

하지만 노형진은 이미 불러 둔 후였다.

그러니 '통지'인 것이다.

"똥칠은 이제 시작입니다. 기대하세요."

"어어어?"

갑작스러운 검사의 등장에 당황한 선생님들은 서로를 바라보며 안절부절못했고, 오광훈은 그런 모습을 한껏 즐기는 기색이 역력했다.

'검사의 위력 짱이다.'

경찰이 와서 동행해 달라고 하는 건 무시할 수 있다.

그러나 다른 사람도 아닌 검사가 와서 동행해 달라고 하면 이야기는 달라진다.

'거기에다가 동행 요청은 불법이 아니지.'

동행 요청은 말 그대로 협조 '요청'일 뿐이니 그걸 거부한다고 해서 무슨 불이익이 있는 건 아니다.

'애초에 이번 사건은 좀 애매하기도 하고.'

누가 봐도 보복이기는 하지만 사실 이걸 보복으로 볼 것인지가 법적으로는 애매하다.

특가법상에서 그나마 이번 사건과 가까운 것이 협박이다.

그런데 이건 협박한 게 아니라 자신의 권한을 부당하게 사용한 것이니까.

'물론 상관없지.'

노형진은 상관없다.

진짜 처벌받으라는 게 아니다.

고발이 들어왔으니 검찰은 조사해야 한다.

그리고 혐의가 없으면 '혐의 없음'으로 끝내면 그만이다.

'그다음에 중요한 건 그게 아니지.'

노형진은 슬쩍 오광훈을 바라보았다.

오광훈은 당황해서 어쩔 줄 몰라 하고 있는 김수식에게 다가갔다.

"같이 가시죠."

"네?"

"같이 가자고요. 아니면 거부하시는 겁니까?"

"그…… 그건…….."

검사가 거부하느냐고 묻는데 '네.'라고 대답할 수 있는 사람은 거의 없다.

"이게 무슨 일인지 모르겠습니다만 일단은 가서 이야기를 들어 보는 게…….."

선생님들은 당황해서 어쩔 줄 몰라 했고 김수식은 어쩔 수 없이 고개를 끄덕거릴 수밖에 없었다.

"아이고, 이게 무슨 일입니까!"

그때 다급하게 연락을 받은 남자가 뛰어내려 왔다.

그걸 본 노형진은 씩 웃었다.

'교장, 다급한가 보군.'

갑자기 특정범죄가중처벌법 위반으로 고발이 들어왔다고

하니 당황스러울 수밖에 없다.

"그냥 형식적인 조사일 뿐입니다. 가시죠."

하지만 그 말과 다르게 뒤에 있던 사람이 김수식의 양팔에
팔짱을 꼈다.

'그리고 그건 불법이 아니지.'

뿌리칠 만도 하건만 잔뜩 얼어붙은 김수식은 아무런 저항
도 하지 못하고 그렇게 나갔다.

노형진은 그런 김수식을 따라가다가 뒤를 스윽 둘러봤다.

"다음에 또 오겠습니다."

"다음에 또?"

"네. 조사할 분들이 참 많은 것 같네요."

선생님 한 명 한 명과 눈을 마주치며 그렇게 말한 노형진
은 바깥으로 나갔고, 김수식 선생은 다른 사람들과 함께 차
에 타고 경찰서로 향했다.

뒤에 남은 오광훈은 잽싸게 담배를 꼬나물었다.

"이야, 근엄한 척하기 힘드네."

"잘하던데, 뭘."

"그런데 이거 처벌 가능하냐?"

"무리지."

특정범죄가중처벌법상의 보복 범죄는 직접적 상해 또는
협박에 관해서만 규정하고 있다.

그런데 이 경우 협박으로 보기에는 애매한 부분이 있다.

"하지만 무고죄도 성립하기는 무리고."

"그런데 왜 이 난리야? 무리라면 바로 풀려나는 거 아냐?"

"맞아, 그러겠지. 하지만 그 대신에 저들이 가장 소중하게 여기는 데에 똥칠할 수 있겠지. 이미 선전포고도 했고. 학교의 명예가 개판이 되고 믿음이 깨져서 그걸 회복시켜 달라고 소송하게 되면 유리해지는 건 우리거든. 결국 소송으로 고치는 수밖에 없으니까."

"가장 소중하게 여기는 것?"

"그래. 저 인간들이 거짓말하는 이유가 뭐라고 생각해?"

"나야 모르지."

어깨를 으쓱하는 오광훈.

노형진은 그런 그에게 간단하게 말했다.

"바로 명예야."

학교의 명예를 지킨다는 미명하에 그들은 범죄를 은폐하고 가해자를 보호했다.

"그 명예에 똥칠을 하는 거지."

"그런다고 그걸 고칠 가능성이 높아지나?"

"높아지지. 양치기 소년 이야기 알아?"

"양치기 소년 이야기?"

"그래."

양치기 소년은 처음에 늑대가 나타났다고 거짓말을 했다.

하지만 그게 상습이 되면서 결국 진짜 늑대가 나타났을 때 누구도 그를 도와주지 않았다.

"그걸 반대로 적용시키는 거지."

만일 지금 생활기록부를 수정해 달라고 소송을 걸면 생활기록부의 기록이 부당하다는 걸 증명하는 것은 노형진의 책임이 된다.

"하지만 증인이나 피고인의 신빙성이 떨어지는 상황이라면 어떨까?"

"어떤데?"

"어떻긴, 그걸……. 아니다. 넌 아직 모르겠구나."

오광훈이 아직 다 배운 건 아니니까.

"쉽게 표현해서 입증책임이 훨씬 경감되지."

가령 어떤 사람이 사기꾼이라고 고발당했을 때 그 사람의 사기 전과가 3범이나 4범쯤 되면, 재판관은 그가 이번에도 사기를 쳤다고 생각하지 그가 이번만큼은 진짜로 깨끗하리라고 생각하지 않는다.

"그러니까 너는 힘든 입증책임을 피하면서 상대방의 믿음에 똥칠을 해 버리겠다 이거네?"

"정확해."

학교에서 보복으로 생활기록부를 악의적으로 썼다는 것을 증명하는 것은 상당히 어려운 일이다.

하지만 만일 학교가 그런 행동을 여러 번 하고 범죄를 은폐한 기록을 많이 찾아낼 수 있다면 판사는 그걸 믿어 줄 것이다.

"그게 가능해?"

"판사도 기계는 아니거든."

아무리 공명정대하다고 외친다지만 저들도 결국 인간이다. 선입견에서 벗어날 수가 없다.

"그런데 저 선생을 데리고 가는 게 무슨 관계가 있는데?"

"모든 것은 의심에서 시작되지."

노형진은 천천히 바깥으로 나갔다.

그렇게 어느 정도 학교에서 멀어지자 한 남자가 다가왔다.

"노 변호사님, 여기."

카메라를 건네는 남자.

노형진은 그걸 받아 오광훈에게 내밀었다.

"얼씨구?"

교묘한 위치에서 찍혀 있는 사진.

마치 김수식 선생이 체포당해서 연행되는 것처럼 보였다.

심지어 앞을 가로막고 있는 사람 때문에 그의 손에는 수갑이 채워져 있는 듯한 느낌까지 들었다.

"이런 경우는 학교에 똥칠을 하면 할수록 나한테 유리하지, 후후후."

⚖️

얼마 후 지역에 이상한 소문이 돌기 시작했다.

"소문 들었어요? 김수식 선생님, 뇌물 받고 증거 조작해 줬다가 잡혀갔대요."

"성적도 조작해 줬다던데요?"

"가해자한테 무려 천만 원이나 받았다네요."

지역 학부모들 사이에서 슬금슬금 돌기 시작한 소문은 빠르게 퍼져 나갔다.

처음에는 말도 안 된다는 반응이 대부분이었다.

하지만 노형진이 그날 촬영된 사진을 슬쩍 인터넷에 올렸다.

그리고 학부모들에게 가장 예민한 소문을 추가로 퍼트렸다.

"교장이랑 교감이 돈만 주면 시험 성적을 조작해 준대요."

"뭐요? 그게 무슨 말이에요?"

시험 성적.

그건 모든 학부모들에게 예민한 문제였다.

당연히 그 소문은 빠르게 돌았고, 학부모들은 커피숍에 모여서 대책을 강구하기 시작했다.

"돈만 주면 애들 성적도 조작시켜 주고 범죄도 은폐시켜 준다네요. 이미 검찰이랑 다 뇌물을 주고 처리해 놨다고 하더라고요."

"말도 안 돼요."

몇몇 사람들은 부정했지만 한번 시작된 의심은 끝이 없이 퍼져 갔다.

"하지만 그 사진을 봐요. 현장에서 체포당한 사람이 얼마 후에 멀쩡하게 학교에 출근했잖아요."

"그건 아니라던데? 아직 조사 중이라던데요?"

"그래서 뭐로 조사 중이래요?"

"그건 말 안 하던데."

어찌 되었건 학교의 명예가 달려 있으니 말할 수가 없다.

그리고 그것은 얼토당토않은 오해를 불러일으켰다.

"이거 우리가 조사해 봐야 하는 거 아니에요?"

⚖️

노형진은 움직이는 차의 조수석에 앉아서 느긋하게 인터
넷을 보았다.

학교 홈페이지는 초토화되어 가고 있었다.

학교 측에서는 이미 글쓰기를 막아 놨고, 학부모들은 이번
사건에 대해 의심하고 있었다.

"아주 제대로 흔들어 놨구나."

오광훈은 그 옆에서 운전을 하다가 피식하고 웃었다.

노형진이 한 거라고는 해당 학교 부모 커뮤니티에 의심스
럽다는 글과 함께 사진을 올린 것뿐이다.

하지만 이미 학교에 대한 의심은 걷잡을 수 없이 퍼지고
있었다.

"당연하지. 우리나라에서는 다른 건 몰라도 성적을 가지

고 조작하면 큰일 나거든."

만인의 만인에 대한 투쟁. 이것이 한국 학교의 문화다.

정해진 명문대라는 코스로 들어가기 위해 학생들은 서로가 경쟁하고 싸운다.

그리고 그 견제는 학생들보다 학부모들 사이에서 더 심하게 벌어진다.

"그러니 돈을 받고 성적을 조작해 줬다는 소문이 과연 학부모들에게 어떻게 들리겠어?"

"아주 죽일 놈으로 만들었네."

당연히 학부모 입장에서는 그냥 넘어갈 수가 없는 소리다.

"하지만 그런다고 해서 문제가 해결되는 건 아니잖아. 사실 돈은 안 받았잖아?"

"중요한 건 돈을 받았는지 안 받았는지가 아니야."

"그러면?"

"조작을 했느냐 안 했느냐가 중요한 거지."

노형진은 인터넷 창을 닫고 핸드폰을 주머니에 쑤셔 넣었다.

"그리고 조작했다는 증거를 던져 주면 그때는 불이 걷잡을 수 없이 번지겠지."

"하지만 그걸 이야기해 줄 사람이 있을까?"

"있지."

노형진은 바깥으로 흐르던 풍경이 멈추는 걸 보면서 몸을 일으켰다.

"이런 자선단체들은 국가의 지원을 받거든."

자선단체를 순수하게 기부만 받아 운영하는 건 힘든 일이다.

물론 일부 그런 곳이 있기는 하지만, 그래도 대다수의 자선단체들은 국가의 지원을 받을 수밖에 없다.

"그리고 그게 약점이 되지."

노형진은 실실 웃으며 뭔가를 꺼내서 흔들었다.

"그게 뭐야? 명함?"

"그래, 얼마 안 해. 한 2만 원이면 백 장은 뽑지."

"그걸 뭐에 쓰려고?"

"두고 보라고. 넌 조용히 바람잡이나 해."

노형진은 오광훈을 데리고 천천히 안으로 들어갔다.

이미 약속이 되어 있었던 듯 자선단체 '자애의 전당' 측은 노형진을 안으로 안내했고, 얼마 후 원장으로 보이는 사람이 나왔다.

"노형진 변호사입니다."

"자애의 전당 원장인 조원상이라고 합니다."

인사를 한 남자는 고개를 갸웃했다.

"그런데 무슨 일로 여기에 오셨는지……?"

"여기에서 부당하게 자원봉사 점수를 끊어 준다는 제보가 있어서요."

"네? 아니, 그게 무슨 말씀이십니까?"

조원상의 얼굴이 딱딱하게 굳었다.

"우리는 그런 적이 없습니다."

중고등학교에서는 인성 교육을 이유로 강제적인 자원봉사 시간을 요구한다.

스무 시간 정도를 요구하는데, 문제가 뭐냐 하면 하루에 네 시간 정도밖에 인정하지 않는다는 거다.

당연하게도 학생이 그 시간을 채우기 위해서는 최소한 닷새 정도는 자원봉사를 다녀야 한다.

'그게 얼마나 인성 교육에 도움이 될지는 모르겠지만.'

중요한 건 학부모들이 그 시간을 아까워한다는 거다.

그래서 가짜로 써 달라고 하는 경우가 많은데, 당연하게도 그건 현행법 위반이다.

그런 행동이 심해지면 당연하게도 국가의 지원은 끊어지기 마련이고 말이다.

"그래요? 하지만 저희가 받은 정보는 다른데요."

"저희?"

"전국학생인성교육협의회에서 나왔습니다."

노형진은 명함을 내밀며 말했다.

단체에서 나왔다고 하자 원장은 떨떠름한 표정이 되었다.

'우리나라에는 온갖 단체가 넘치지.'

심지어 어떤 사람은 단체장 타이틀만 서른 개가 넘기도 한다.

하지만 그런 단체 대부분은 그냥 이름만 그럴듯한 곳이고, 실제로 활동하는 곳은 그다지 많지 않다.

'그러나 그걸 다 알 수는 없지.'

설사 안다고 해도 매년 수많은 단체들이 생기고 사라지니 무의미하다.

"인성 교육을 위해 학생들에게 자원봉사를 시키는 건데 여기서 돈을 받고 그걸 대충 써 주면 안 됩니다."

만일 고발이 들어가면 자선단체의 이미지는 망가질 수밖에 없고 정부의 지원은 당연히 끊어진다.

"무슨 소리입니까, 돈을 받고 그런 걸 해 준다니요!"

딱 잡아떼는 조원상.

"그래요? 하지만 돈을 받고 범죄자에게 봉사왕 상장까지 주신 분이잖아요."

"네? 그게 무슨 말씀이십니까?"

"모른 척하지 마세요. 돈 받고 학교 폭력 가해자에게 봉사왕 상장까지 주신 걸 모를 줄 아십니까? 그거 법원에서 봉사 명령 떨어진 거 아닙니까? 그런데 왜 그걸로 자원봉사상을 줘요, 도대체 얼마나 받아 처먹었기에?"

순간 조원상의 얼굴은 사정없이 일그러지기 시작했다.

그럴 수밖에 없는 게 그가 아는 한 최근에 봉사왕으로 선발된 학생은 한 명뿐이기 때문이다.

'뻔하지, 뭐.'

원래 이런 건 이런 자원봉사 단체에 고지하고 자원봉사를 해야 하지만, 아무래도 처벌 사항을 외부에 말하는 건 창피

하니 말을 하지 않았을 것이다.

그리고 다른 사람들이 보기에는 그 학생은 그저 자원봉사를 잘 다니는 건실한 학생으로 보일 수밖에 없다.

"아닙니다! 아니에요! 저희는 진짜 몰랐습니다!"

"말도 안 되는 소리 하지 마세요. 무려 이백 시간입니다. 이백 시간이나 자원봉사를 했는데 그걸 이상하게 생각하지 않는다는 게 말이나 됩니까?"

"아니, 간혹 그런 학생들이 없는 게 아니라서……."

조원상은 진땀을 흘렸다.

이건 심각한 문제다.

진짜 이런 소문이 나면 자원봉사자들의 발길이 끊어진다.

돈은 정부에서 준다고 하지만 한국에서 제일 비싼 게 인건비라는 말처럼, 자원봉사자가 없으면 자기들이 인력을 채워넣어야 하는데 그러기에는 돈이 많이 부족하다.

"진짜입니다. 저희는 진짜 몰랐습니다."

딱 잡아떼는 조원상.

"그렇다면 그에 대해 확실하게 이야기해 줄 수 있습니까?"

"네?"

"그거 말입니다. 어떻게 여기에 왔는지, 어떤 식으로 자원봉사를 하게 된 건지 말입니다."

"그게 필요한 겁니까?"

"안 그러면 저희는 이곳을 고발하는 수밖에 없습니다. 당

장 범죄자가 수행한 법적 처벌 행위를 봉사왕이라고 포장해
주는 곳을 어떻게 믿고 지원을 합니까?"

"하아……."

조원상은 긴 한숨을 쉬었다.

하지만 그로서는 달리 할 말이 없었다.

"알겠습니다. 그렇게 하겠습니다."

그는 고개를 끄덕거렸다.

노형진은 속으로 득의양양한 웃음을 지었다.

⚖️

조원상은 진술서를 썼고, 노형진은 그걸 학부모들이 모이
는 인터넷에 뿌렸다.

해당 사건에서 가해 학생은 교장 선생님의 추천장을 받아서 찾
아왔고 자원봉사를 적극적으로 하려고 한다는 말에 순수하게 믿
었습니다. 자원봉사 시간이 이백 시간이 넘어갔고 요즘 그런 아이가
없었기에 저는 순수하게 믿고 봉사왕 상장을 주는 걸로 결정했습
니다……(후략)…….

진술서가 올라가자 학부모들은 난리가 났다.

안 그래도 대학은 자원봉사 전형이다 뭐다 해서 자리를 만

들고 있고 동일한 조건이라면 자원봉사를 한 사람들이 더 가산점을 가지고 가는 상황에서, 교장이 나서서 증거를 조작한 셈이니까.

"이게 어떻게 된 겁니까!"

교장은 분노로 부들부들 떨었다.

아무리 학교의 명예를 위해 한 일이라고 하지만 그게 자신에 대한 공격으로 돌아오자 당황해서 어쩔 줄 모르는 것이다.

"그게 어떻게 알았는지, 자선단체에서 자원봉사가 아니라 형사처벌로 인한 봉사 명령인 걸 알았습니다."

그래서 그곳에서 그에 대해 인터넷에 올려 항의의 뜻을 밝혔던 것이다.

"아니, 이게 무슨 일이에요?"

"그 노형진이라는 변호사가 문제인 것 같습니다."

"끄응."

다시는 안 볼 거라 생각했던 변호사였다.

그래서 어떻게 해서든 학교의 명예를 살리기 위해 사건을 은폐하고 봉사 명령을 자원봉사로 커버했다.

그리고 그의 말을 안 듣고 일을 크게 만든 피해 학생에게 적당한 처벌을 내리도록 했다.

"교장 선생님, 저 어떻게 합니까?"

김수식 선생은 얼굴이 창백해진 상태였다.

사실 혐의 없음으로 끝날 가능성이 제일 높기는 하지만 지금까지 없었던 일이었기 때문에 오광훈은 최대한 시간을 끌고 있었다.

"지금 김수식 선생님 때문에 무슨 난리가 난 줄 알아요?"

"에?"

순간 김수식은 멍해졌다. 자신 때문이라니?

"아니, 뭔 짓을 했기에 그 인간들이 그렇게 날뛰어요?"

"교장 선생님?"

분명 교장 선생이 최대한 나쁘게 쓰라고 했고 심지어 그가 쓴 걸 가지고 가서 첨부까지 하면서 생활기록부를 고쳤다.

그런데 그걸 모조리 그에게 뒤집어씌우다니?

"그거 때문에 우리 선생님들이 얼마나 곤란한지 알아요?"

오광훈은 노형진의 조언에 따라, 김수식이 누구에게 사주 받았는지는 조사하지 않았다.

해 봐야 어차피 입은 안 열 거니까.

그래서 그 대신 그가 저지른 여죄를 집중적으로 추궁했고 그걸 학교로 통보하기까지 했다.

"도대체 왜 그딴 짓을 해 가지고."

교장은 생활기록부를 조작한 것보다 여죄가 세간에 더 크게 화제가 되자 그걸로 김수식을 몰아붙였다.

학교의 명예를 소중하게 여기는 교장의 입장에서 김수식의 삶은 이미 정해진 것이나 다름없었다.

"책임지고 사퇴하세요!"

"네? 하지만 교장 선생님!"

"지금 내 말 무시해요?"

김수식은 입을 쩍 벌렸다.

그리고 자신을 바라보는 사람들의 차가운 시선에 이미 모든 것이 결정되어 있다는 생각에 온몸에서 힘이 쭉 빠졌다.

"이런 학교의 대응 패턴은 뻔하지."

노형진은 사무실에서 김수식이 쓴 진술서를 보고 있었다.

'검사 친구가 있으니 편하구면.'

보통 경우라면 볼 수 없지만 그가 가져다주니 어렵지 않게 볼 수 있었다.

물론 불법이지만.

"아마 자르려고 할 거야."

"확실해?"

"확실해. 학교의 명예를 드높이려고 하는 학교들의 특징이 뭔지 알아?"

"뭔데?"

"사립이라는 거야."

"사립?"

"그래, 사립. 학교라고 하지만 다 같은 학교가 아니거든."

공립학교는 순환 근무제로 돌아가게 되어 있다.

그 기간이 정해져 있기 때문에 딱히 학교에 애정을 가질 필요가 없다.

물론 아예 없다고 해도 문제겠지만 이렇게 범죄를 은폐할 정도는 아니다.

도리어 그런 곳은 그랬다가는 자신이 잘릴 수 있기 때문에 은폐하는 일이 드물다.

"하지만 사립들은 아니지."

사립은 한 번 들어가면 끝이고 다른 곳으로 옮기기도 힘들다.

아니, 대부분의 경우 정년을 보장받는다.

"그래서?"

"아마 지금쯤이면 김수식은 코너에 몰렸을 거야. 대부분의 사람은 문제가 생기면 그 문제가 되는 부분만 잘라 내면 된다고 생각하거든."

"그건 그렇지."

오광훈은 인정한다는 듯 고개를 끄덕거렸다.

김수식에게 촌지를 받는 등 다른 자잘한 범죄가 있다는 걸 안 순간 김수식에 대한 학교의 태도는 무척이나 차갑게 돌변했으니까.

"꼬리 자르기 안 하는 인간 봤어?"

"거의 못 봤지. 나만 해도 첫 학교, 아니 교도소는 뒤집어쓰고 갔던 거니까."

범죄자들의 심리는 다 똑같다. 절대 반성하지 않는다.

대신에 누군가 범죄를 저질렀을 때 그걸 잘라서 해결할 수 있다면 다 잘라 낸다.

"의리? 그딴 건 없어."

입으로는 의리를 외치지만 정작 그들은 그걸 지키지 않는다.

"웃기는 일이지만 스스로 의리가 없다는 걸 알기에 의리를 주장하는 거야."

노형진은 느긋하게 말을 이어 갔다.

"그리고 이 경우는 김수식 선생을 무조건 자르려고 하겠지. 아마 직접적으로 자르지는 않는다고 해도 나가게 만들기는 할 거야."

"그런데 그거랑 이번 일이랑 무슨 관계야?"

"간단해. 김수식 그 사람이 학교에 취업할 때쯤에 돌던 소문이 있거든."

"소문? 무슨 소문?"

"모든 것은 돈으로 통하는 법이지, 후후후."

⚖

김수식은 해직의 위기에 몰렸다.

아무리 항변하려고 해도, 억울하다고 해도 누구도 도와주지 않았다.

이것이 법이다

심지어 동료 선생들은 그와 말조차도 섞으려고 하지 않았다.

"그래서 얼마나 주셨습니까?"

그런 김수식을 찾아온 노형진은 그에게 악마의 속삭임을 들려주었다.

"그게 무슨 말입니까? 얼마나 줬냐고요?"

"학교에 취업할 때 말입니다. 얼마나 주셨냐고 묻는 겁니다. 요즘은 취업할 때 한 1억쯤 쥐여 줘야 한다고 하던데요."

"아니, 누가 그런 헛소리를 합니까!"

"어, 그래요? 제가 그럼 잘못 알았나요?"

노형진은 피식 웃으며 말했다.

"1억, 포기하시는 겁니까? 그러면 전 조용히 나가고요."

김수식의 눈이 뱅뱅 돌아가기 시작했다.

'역시나 그렇군.'

지금도 그렇지만 그가 학교에 취업할 때는 대놓고 취업 사례금을 요구할 때였다.

일정 이상을 주지 않으면 취업할 방법 자체가 없는 게 현실이었다.

물론 안 줄 수도 있다.

하지만 정작 이런 명예를 주장하는 학교들은 그런 비리가 있을 가능성이 더 높다.

'인간은 없는 걸 추구하기 마련이지.'

스스로 명예가 없기에 명예를 외치는 것이다.

스스로가 명예로운 사람은 남에게 명예를 강요하지 않는다.

그건 자신이 얻는 거라는 걸 아니까.

'그런 놈이 돈을 안 받을 리가 없지.'

돈이 1억인지 얼마인지는 알 수 없다.

하지만 김수식의 행동을 보면 분명 돈을 내고 들어간 것이 확실했다.

"포기하시는 겁니까?"

악마의 속삭임처럼 울리는 노형진의 말.

넘어가면 안 된다는 생각은 했지만 김수식은 넘어가지 않을 수가 없었다.

이미 학교에서는 쫓겨나는 것만 남아 있는 상황이었으니까.

"아시죠, 다른 학교에는 못 가시는 거."

"그…… 그건……."

"이 바닥 좁습니다, 선생님."

그가 다른 학교에 가고 싶어도 이미 나이가 적지 않은 데다가 근무 기록이 있는 이상 전화해서 확인해 보는 것은 당연한 일이다.

"가게라도 하나 여시는 게 좋을 텐데요?"

"……."

"원하시면 싼 가격에 변론해 드리지요."

"뭘 원하는 겁니까?"

"원하는 건 없습니다. 그저 당신이 줬던 돈을 그대로 찾아갈 수 있으면 되는 겁니다."

"진짜로 그거면 됩니까?"

"네, 진짜로 그거면 됩니다."

노형진은 웃으며 말했지만 김수식은 그게 왠지 악마의 미소처럼 느껴졌다.

하지만 이번에는 그로서도 그걸 거절할 수가 없었다.

"알겠습니다. 그 조건 받아들이겠습니다."

사실 조건이랄 것도 없다.

싼 가격에 변론해 준다는 거니까.

"잘 생각하셨습니다."

노형진은 진짜로 원하는 게 없었다.

하지만 그 소송 자체가 학교에 치명적인 문제가 될 거라는 걸 알고 있었다.

⚖

얼마 후 김수식은 부당이득 반환 청구 소송을 냈다.

당연히 학교에는 사직서를 제출했고 말이다.

"그건 다른 변호사에게 맡겨도 상관없지."

노형진은 느긋하게 말했다.

"중요한 건 그가 돈을 내고 학교에 들어갔다는 거야."

"그게 왜 중요한 건데?"

"돈을 넣은 사람이 있으면 그는 그 돈을 찾기를 원하기 마련이거든."

노형진은 슬쩍 성적표를 바라보았다.

김수식이 그만두기 전에 전교 석차를 뽑아다 줬기에 그걸 보는 건 어렵지 않았다.

"경쟁 치열하네."

상위 10% 안에 드는 아이들.

그 아이들은 사실 거의 변동이 없다.

실력이라는 것은 한 번에 한다고 해서 갑자기 확 늘어나는 게 아닌지라 기본을 탄탄하게 쌓아 올린 사람이 유리하기 마련이다.

"응?"

"1등을 하는 부모는 하지 않는 고민이지. 왜 우리 애는 1등이 되지 못할까? 왜 저렇게 노력하는데 1등은 안되지? 저 정도 노력하면 1등은 해야 하는 거 아냐?"

노형진의 말이 오광훈은 이해가 가지 않았다.

물론 그건 부모라면 누구나 하는 고민이다.

하지만 부모가 고민한다고 해서 문제가 해결되는 것은 아니었다.

"내가 그랬지, 학교에다가 확실하게 통칠한다고."

"그랬지. 그런데 그게 학생이랑 무슨 관계야?"

"학교에 통칠하는 게 선생에게만 통칠하겠다는 소리는 아니야."

노형진은 씩 웃었다.

"명문 학교의 힘은 상위에 있는 학생들의 힘에서 나오지."

그리고 그들이 더러워지면, 아니 더럽다고 생각되기 시작하면 학교의 몰락은 그때부터다.

⚖

"이게 무슨 소리야?"

학교 인터넷에서 터진 충격적 사건.

학교에서는 오래전부터 선생님들에게 돈을 받고 교직을 팔았습니다. 그래서 얼마 전에 김수식 선생님이 그만두면서 그렇게 내놨던 돈을 돌려 달라고 소송을 건 겁니다. 그런데 그렇게 학교에 돈을 내놨던 선생님들 중 일부는 그 돈을 다시 받기 위해 일부 학부모들에게 미리 문제를 팔기도 하고 생활기록부를 유리하게 조작해 주기도 한답니다.

인터넷에 올라온 글이었지만 선생님의 퇴직과 그와 관련된 소송은 그 주장의 신빙성을 강하게 하기 충분했다.

"교장 선생님! 이게 뭔 소리예요? 진짜로 돈을 받고 성적을 조작했다는 게 사실이에요!"

"아닙니다! 진짜로 아니에요, 어머님!"

교장은 다급하게 외쳤다.

하지만 이미 학교는 난장판이 되어 가고 있었다.

"말이 되는 소리를 해요! 어디서 그런 말도 안 되는 소리를 주워듣고 와서는!"

"주미 엄마! 주미 엄마는 딸이 전교 2등이니까 그런 소리가 나오지! 이상하잖아! 우리 애가 그렇게 공부를 하는데 어떻게 전교 20등 위로 못 올라가느냐고! 내가 들인 과외비만 얼만데! 그러고 보니 이상하네? 주미 따로 과외 안 한다고 하지 않았어?"

"어? 어, 으응."

주미 엄마라는 사람은 말을 흐렸다.

사실 족집게 과외를 하기는 한다, 그것도 '학교 선생님'한테서.

사실 불법이지만 성적이 달렸으니까.

문제는 그게 걸리면 일이 커진다는 거다.

말이 좋아서 족집게 과외지, 문제 유출이나 다름없다.

"이상하네. 내가 과외비만 400만 원씩 넣어도 우리 애는 못하는 공부를 주미는 과외도 안 하면서 왜 그렇게 잘해?"

"우리 애가 잘나서 그렇다, 왜!"

"잘나? 우리 애는 뭐 못났나?"

"아이고, 어머님들, 진정하세요! 진정하시고 제 말씀을 들으세요!"

교장은 어떻게 해서든 사건을 수습하기 위해 목소리를 높였지만 이미 학부모들 간의 믿음은 깨지기 시작한 이후였다.

"그러고 보니 주미 엄마는 학교도 지잡대 나왔잖아? 그런데 그 머리로 잘났다는 소리 하면 안 되지. 인서울도 아니고."

"뭐? 야! 너 지금 뭐라고 했어!"

"이상한 건 이상한 거잖아! 어떻게 서울대 나온 날 닮은 애가 주미보다 공부를 못하냐고! 이거 몰래 문제 받아 낸 거 아냐?"

"너 지금 뭐라고 했어!"

"하는 짓거리 보니까 맞네! 맞아!"

"야, 이 미친년아!"

결국 튀어 나가서 멱살을 잡고 싸우기 시작하는 두 사람.

싸움은 거기서만 생긴 게 아니었다.

"너도 이상해! 어떻게 성적 전교 40등도 안되던 애가 갑자기 전교 12등으로 올라가?"

"우리 애가 얼마나 노력했는데!"

"노력? 노오력? 지금 여기서 그 정도 노력 안 하는 애들이 어디 있어!"

상위 10%의 성적쯤 되면 진짜로 문제 하나에 수십 등씩 바뀌는 판국이라 다들 이를 악물고 공부한다.

그러니 서로가 이렇게 첨예하게 대립할 수밖에 없었다.

"너지? 네가 돈 받고 문제 산 거지?"

"누구 마음대로 헛소리야!"

"그러고 보니 지성이 엄마! 지난번에 지성이 생활기록부 보니까 좋은 소리만 가득하던데, 그거 뭐야? 돈 받고 고친 거야?"

"이게! 내 아들이 너희 아들처럼 개차반인 줄 알아?"

"뭐? 개차반? 지성이가 깡패인 거 다 아는데! 이거 돈 주고 고쳤네!"

그렇게 개싸움이 나자 교장도 말리지 못하고 있는 그 상황에서 갑자기 회의실 문이 확 열리더니 남자들이 들어왔다.

"다들 진정하세요!"

"당신은?"

"이번 사건과 관련해서 의뢰를 받은 노형진 변호사입니다."

"그게 뭔 말이에요?"

"다른 분의 제보가 있었습니다, 성적을 고쳐 준다는."

"뭐요? 언제요?"

"벌써 몇 달 전이죠."

모두의 눈에 불이 확 켜졌다.

지금까지는 단순한 의심이었지만 몇 달 전부터 그런 소리가 나왔다면 확신이 되기 때문이다.

"다들 좋은 법을 놔두고 왜 그렇게 멱살잡이를 합니까?"

그때 뒤늦게 들어온 오광훈이 히죽거리면서 말했다.

"저는 이번 사건을 담당하고 있는 오광훈 검사라고 합니다. 여기에 고발장을 가지고 왔으니까 쓰시고 싶은 분들은 쓰시면 됩니다."

"고발장요?"

"네, 고발장요. 이 안의 누군가는 분명 돈을 주고 성적을 고친 거니까요."

"그게 무슨……?"

"아, 그게 누군지는 말 못 합니다."

왜냐면 누군지 모르니까.

하지만 그 말을 사람들은 다르게 받아들였다.

"그래, 고발합시다!"

"고발해요!"

"어떤 년인지 잡히면 죽었어!"

"이럴 수가…….."

너도나도 고발을 하는 학부모들을 보면서 교장은 얼굴이 창백해졌다.

"이런 이런, 학교의 명예가 참으로 드높아지네요."

노형진은 그런 교장을 보면서 이죽거렸다.

"이렇게 고발로 명예가 높아지는데 하실 말씀 없으십니까?"

"그건…….."

노형진의 말에 아무런 말도 못 하는 교장.

할 수가 없었다.

이 많은 사람들이 한꺼번에 고발을 하면 당연히 수사가 진행될 테고, 그러면 감사가 시작될 테니까.

"아, 그리고 교장 선생님도 조사 좀 받아 주셔야겠는데요."

"조…… 조사요?"

"네. 그 뭐냐, 바깥에 있던 학교 폭력 방지 우수 학교라는 플래카드 말입니다."

교장은 움찔했다.

"그…… 그게 왜요?"

"그걸 준 게 전국학부모연맹이라는 곳이던데."

노형진은 어깨를 으쓱했다.

분명 존재하는 곳이다.

아마 다른 사람들은 그걸 보고도 무심하게 넘어갔을 것이다.

하지만 노형진은 아니었다.

"그런 거 여기에 준 적 없다던데요."

"무슨 말입니까? 준 적이 없다니!"

"사칭으로 고발이 들어왔습니다. 같이 가시죠."

전국에는 여러 단체가 있다.

그 모든 곳이 잘 알려져 있는 것은 아니다.

'그리고 저런 플래카드들은 그들이 만들어서 주는 게 아니지.'

물론 진짜로 우수 학교가 돼서 관련 상을 받았다고 학교에서 직접 만들어서 거는 경우도 많다.

'하지만 사칭으로 거는 경우도 있거든.'

노형진은 혹시나 해서 플래카드에 적혀 있는 전국학부모 연맹이라는 곳에 대해 조사해 봤다.

예상대로 있는 단체였다.

사실 대부분의 그런 이름은 있다. 그럴듯한 이름을 만들어서 활동하는 사회단체는 한두 곳이 아니니까.

'본인들은 모르겠지만.'

인터넷에 찾아도 이름도 안 나오는 작은 단체라 아마도 자기들 딴에는 문제가 생기지 않을 거라 생각했을 것이다.

하지만 분명 존재하는 곳이었고, 학교는 그것도 모르고 학교 폭력 사건을 덮기 위해 이름을 넣어서 플래카드를 제작한 것이다.

"교직자가 학부모를 사칭하다니, 아무래도 이 일은 커지겠네요."

털썩 주저앉는 교장.

얼굴은 파리하게 변하고 다리에서는 힘이 쭈욱 빠진 상태였다.

"참으로 명예를 드높이시는군요, 교장 선생님."

노형진은 그런 그를 보면서 비웃음을 날렸다.

⚖️

고발이 들어가고 나서는 대혼란이 찾아왔다.

‘싸움은 원래 쌍방이지.’

학교에서 한 명이 고소를 넣을 때 노형진은 오광훈에게 살짝 훈수를 뒀다.

고발 대상을 학교로 할 때 의심스러운 학부모를 같이 고소할 수 있게 해 주라고.

그러자 학부모들은 의심스러운 학생들, 즉 자기 아이보다 상위에 있는 아이들을 고발하기 시작했다.

‘그러면 당연히 반격이 오지.’

고발당한 학부모들은 당연히 무고죄로 고발하면서 반격을 시작했고, 그 과정에 학교와 학부모는 고소와 고발로 얼룩지기 시작했다.

하지만 노형진이 노린 것은 그들만이 아니었다.

“이 정도면 똥칠을 하는 게 아니라 거의 똥통에 절여 버리는 정도인데?”

노형진은 힐끗 고발장을 바라보았다.

“학업이니 뭐니 좋게 표현해도 결국은 대학에 가는 게 목적이지.”

노형진이 내놓은 소장은 간단했다.

“입학 취소 소송?”

“학교별로 유명한 대학교에 가는 사람은 있거든.”

특히나 교장 추천장 같은 걸로 가는 사람들은 분명 존재한다.

“하지만 그게 돈으로 쓰인 추천장이라면 어떻겠어?”

"미친 새끼."

당연히 의심스러운 상황이니 그에 대해 조사를 해야 한다.

"성적이 상위 라인인 아이의 부모는 이런 데 무척이나 예민하지."

자신의 아이가 한국대에 갈 수 있었는데 누군가 돈을 내고 추천장을 받아서 대신 한국대에 갔다면 눈이 안 돌아갈 리가 없다.

"그래서 고발을 하는 거지."

대학에 이미 갔다고 끝나는 것이 아니다.

조사를 해서 입학에 비리가 있다는 것만 밝혀진다면 분명 취소가 가능하다.

"그리고 대학 입장에서는 입학 비리를 저지른 학교로 각인 되는 거지."

당연하게도 다른 학교 출신 학생과 같이 면접을 보면 손해를 깔고 들어가는 거다.

"학교가 명문이 되는 가장 좋은 방법은 소위 말하는 명문대 입학률을 높이는 거지."

명문대에 입학하는 사람들이 많을수록 학교의 명예는 높아진다.

한국에서는 모든 것을 성적으로 판단해 버리니까.

"즉, 입학 비리에 관련된 학교라는 이미지가 생기면 그때 부터 그 학교의 이미지는 똥통행이라는 거야."

교장은 고개를 푹 숙이고 있었다.

"이게 어떻게 될 겁니까!"

교장이 학교의 주인이라 생각하는 경우가 많다.

하지만 사실 이런 사립학교들은 이사장이 학교의 주인이다.

"죄송합니다."

"죄송하다면 답니까!"

졸지에 학교의 이름이 똥통으로 처박혔다.

부모끼리 학생끼리 서로 고소 고발을 시작했고 뉴스에도 나갔다.

하지만 진짜 문제는 그게 아니었다.

"도대체 교장이 이런 걸 막지도 않고 뭐 하고 있었어요!"

몇몇 선생들이 실제로 몰래 과외를 하고 있었다.

말이 좋아서 과외지, 시험 시간이 닥쳐오면 기출문제를 빼내서 공부시킨 것이 드러난 것이다.

"죄송합니다."

"죄송으로 해결될 문제냐고요!"

사방에서 이사장에게 항의하고 있었다.

"저는 학교의 명예를 위해서……."

"학교의 명예? 지금 이게 학교의 명예를 위하는 행동입니까?"

범죄를 은폐하고, 범죄자의 범죄 기록을 감추고, 피해자에게 보복하고, 성적을 돈 받고 팔고.

'이렇게까지…….'

노형진이 이렇게까지 할 줄 몰랐던 교장은 죽을 맛이었다.

'어떻게 지킨 명예인데…….'

그는 노형진이 명예를 부숴 버렸다고 생각했다.

하지만 현실은 좀 달랐다.

이미 명예는 사라진 후였다.

그걸 그는 감추고 있었을 뿐이고.

"당장 우리 학교에 감사가 들어온다고 하지 않습니까!"

일이 이쯤 되면 정부에서 감사를 하지 않을 수가 없다.

당연히 이사회에서 돈을 빼돌린 것도 드러날 것이다.

"죄송합니다."

지키려는 명예는 사라진 후였고, 고칠 수 있는 방법은 없었다.

"'죄송합니다'로 해결될 문제가 아니라니까요!"

이사장이 호통치는 그때, 문이 열리면서 비서가 우물쭈물 들어왔다.

"이사장님…….."

"지금 이야기 중인 거 안 보여요!"

"법원에서 소장이 나왔습니다."

"또 뭐요?"

"그게, 학교에서 조작한 생활기록부를 수정해 달라는 소장이……."

교장은 신음을 냈다.

애초에 그게 노형진의 요구 사항이었던 것이 생각난 것이다.

'그걸 안 들어줬다고 일을 이 지경까지 만든 거야?'

기가 막혀서 말이 안 나오는 그였지만 이제 와서 그걸 말할 수는 없었다.

그걸 말하면 이사장은 더 분노할 테니까.

"그런 것까지 내가 다 알아야 합니까?"

이사장은 짜증스럽게 말했다.

그리고 그다음 순간에 입이 쩍 벌어졌다.

"고소인이…… 백스무 명입니다."

"뭐라고요?"

"고소인이 백스무 명이라고요. 재학생의 4분의 1입니다. 특히 고 3들은 일부만 빼고 전부 참가를……."

두 사람은 입을 쩍 벌렸다.

⚖

결국 학교는 노형진과 피해자들에게 와서 싹싹 빌었다.

최대한 공정하게 생활기록부를 쓰겠다고 한 것이다.

"의외네? 뭔 소송 당사자가 이렇게 많아?"

"소문의 힘이지."

정상적으로 수정된 생활기록부를 보면서 노형진은 씩 웃었다.

사실 정상은 아니다.

엄밀하게 말하면 전과 다르게 극찬으로 가득 차 있었다.

"돈을 받고 생활기록부를 조작해 줬다, 그렇다면 내 아이 생활기록부에 조금이라도 나쁜 말이 들어간 이유가 뭐라고 생각을 할까?"

"돈을 안 줘서 우리 애한테는 나쁜 말을 썼구나."

"그래, 그게 정답이지."

실제야 어떻건 자기 아이들이 나쁘다는 생각을 하는 부모는 드물다.

돈이 없어서 아이의 생활기록부가 나쁘게 쓰였다고 자기 스스로를 책망할 것이다.

"그런 사람들에게 공짜로 소송하는 데 이름만 올리라고 하면 안 할까?"

안 할 리가 없다.

그렇게 만들어 낸 백스무 명이다.

"그리고 이걸로 이 학교는 똥통 확정이지."

한번 이 난리를 겪은 선생들이 과연 나쁜 말을 쓸까?

아니다. 쓰는 순간 소송이 들어올 거라 생각해서 나쁜 말을 못 쓸 것이다.

"그러면 대학 입장에서는 이 학교의 생활기록부는 거짓말이라는 걸 기반으로 판단하겠지. 그런 학교에 무슨 명예가 있겠어?"

노형진은 피식 웃었다.

"아주 학교 하나 작살내 놨네."

"그러니까 제대로 했어야지. 조폭도 아니고 학교에서 학생한테 보복이 뭐냐, 보복이."

노형진은 수정 명령문을 다시 서류철에 넣으며 웃었다.

"근데 좀 지겹기는 하다."

"뭐가?"

"아니, 그놈의 학교 폭력 문제는 답이 안 보이네, 진짜."

하나 좀 해결됐다 싶으면 다른 놈들이 태클이다.

이번에는 생각지도 못한 학교에서 학교 명예 운운하면서 범죄를 은폐하다니.

"끝이 있을까 싶다."

"내가 조직 생활하면서 느낀 게 뭔지 알아?"

"뭔데?"

"악은 언제나 승리한다."

"이런 씨발."

하지만 노형진은 그 말을 부정할 수 없었다.

결국 선이 할 수 있는 것은 저항이 최선이었으니까.

사생 팬이 아니라 생사 팬이네

　노형진이 공식적으로 엔터테인먼트조합의 고문 변호사이
기는 하지만 그와 관련된 업무가 많은 것은 아니었다.

　어지간한 사건은 다른 변호사들이 다 할 수 있었고, 노형
진은 그들의 일본 진출에 관해서 도와주는 정도였다.

　하지만 생각지도 못한 문제가 터졌을 때 그들의 뇌리에 떠
오르는 이는 노형진뿐이었다.

　"이거 어떻게 해서든 해결해야 하는데 방법이 없습니다."

　엔터테인먼트조합 소속의 사장 중 한 명인 상주상은 울상
이 되어 얼굴을 부여잡고 있었다.

　그가 키운 엘라인이라는 그룹이 말 그대로 망하게 생겼기
때문이다.

"엘라인과 레딕스라……."

노형진은 인터넷에서 관련 단어를 찾아서 보다가 눈을 찌푸렸다.

"이건 뭐 제정신이 아니군요."

"네. 저희가 해명을 해도 안 통하고, 이미지는 개떡이 되고 있어요."

"이거 제대로 미쳐서는."

노형진은 고개를 흔들었다.

'이런 사건이 또 일어나네.'

그가 '또 일어나네.'라고 생각한 이유. 그건 자주 있는 사건이기 때문이다.

"이건 덕질이 아니라 정신이상인데 말이죠."

"이러니까 콜라보 무대가 안 생기는 겁니다."

엘라인과 레딕스는 원래 역사에 없던 그룹들이었다.

둘 다 조합 소속으로 나름 인기를 끌었다.

거기까지는 문제가 안 된다.

하지만 작년 말 엘라인과 레딕스가 콜라보 무대를 만든 것이 문제가 되었다.

"미쳐서 날뛰는군요."

걸 그룹인 엘라인, 그리고 보이 그룹인 레딕스.

두 그룹의 콜라보 무대는 상당한 퀄리티를 자랑했고 충분히 이슈가 되었다.

이것이 법이다

문제는 레딕스의 팬들 중 일부가 말 그대로 미쳐서 날뛰기 시작했다는 것.

"그러니까 레딕스와 엘라인이 합동 공연한 게 일부 사생 팬을 자극한 거군요."

인터넷에 정리되어 있는 글은 상주상의 말보다 훨씬 깔끔했다.

하긴, 엘라인이 속해 있는 상주상의 회사는 당장 위기일 테니까.

이 상황을 벗어나지 못하면 엘라인은 날아갈 테고 위험해지는 것은 자신들이다.

"흠…… 너무 흔한 패턴인데……."

노형진은 턱을 문질렀다.

두 그룹이 너무 잘한 덕에 합동 공연이 잘되었고 두 그룹이 그림처럼 잘 어울렸는데, 그걸 본 사생 팬이 뚜껑이 열려서 엘라인을 공격하기 시작한 것이다.

"그냥 욕하는 건 문제가 안 되는 말이죠."

노형진은 곤란한 듯 말했다.

그냥 엘라인을 공격하는 사람들을 보면 문제가 되지 않는다.

하지만 문제가 되는 것은 허위 사실을 유포하는 타입이다.

"엘라인이 미성년자를 강간했다라……. 얼씨구."

인터넷에 올라온 내용을 보면 엘라인은 걸 그룹이 아니라 무슨 범죄 조직쯤 되어 보였다.

"강간도 하고 마약도 하고 인신매매도 하고. 이 애들은 뇌가 있는 걸까요?"

이런 말도 안 되는 주장은 스케줄 표 하나만 봐도 불가능하다는 것이 드러난다.

아니, 스케줄 표까지 들이밀 필요도 없이 나오는 방송만 봐도 딴짓할 시간이 없다는 것을 알 수 있다.

"그러니까 미치겠습니다. 명예훼손으로 고소해도 안 먹힙니다."

상주상은 죽을 것 같은 얼굴이었다.

"말로 해결이 되면 사생 팬이 아니죠."

사생 팬은 진짜 모든 걸 걸고 상대방에게 집착한다.

좋아하는 게 아니다. 집착하는 것이다.

"그리고 일반적으로 사생 팬이 이런 헛소리를 하면 일반 팬은 그걸 걸러 듣거나 해야 하는데 말이지요."

일반 팬들은 그런 말에 혹하는 경우가 많다.

"그들이라고 해서 엘라인에게 적대감이 없지는 않거든요."

그렇다 보니 그들은 적극적으로 나서지는 않지만 그 뒤에서 적대적인 이야기를 계속 퍼 나른다.

"미친놈한테 명예훼손이라는 경고가 먹힐 것 같습니까? 그리고 이 업계 특성상 명예훼손이라는 처벌은 아무래도 한계가 있거든요."

악의적으로 헛소리하고 다니는 몇몇이라면 문제가 안 된다.

하지만 현 상황은 레딕스의 팬클럽인 레디 보이가 집단적으로 매달리는 상황이다.

"인간은 뭉치면 강해지지요. 좋게 말하면요."

"나쁘게 말하면요?"

"뭉치면 무식해집니다."

'주변에서 다들 이런 헛소리를 하니까 나 하나쯤 같이해도 되겠지.'라는 생각.

그리고 '다들 이런 말을 하니까 이 말이 맞을 거야.'라는 생각.

"이건 개인의 문제가 아닙니다. 집단의 광기죠."

노형진은 턱을 문지르며 말했다.

아무리 상식적인 말을 해도 집단이 미쳐 버리면 개개인을 공격해서 그걸 고칠 수는 없다.

"이런 경우는 대부분 개개인을 공격하면 그 사람을 순교자로 만들어 버립니다. 안 그런가요?"

"끄응……."

상주상은 얼굴이 죽을상이 되었다.

"맞습니다."

사실 처음에는 그냥 명예훼손으로 몇 명 고소하면 될 거라 생각했다.

상식적으로 말도 안 되는 소리니까.

"그런데 안 먹혀요. 도리어 더 크게 소문났습니다."

켕기는 게 있으니 자신들의 입을 막으려고 하는 거라며 도리어 더 퍼 나르기 시작했다는 것.

"그런 애들을 순교자로 만들어 주신 겁니다. 지금 적대적인 애들이 몇 명이죠? 못해도 몇천은 될 건데 그 애들 다 고소할 겁니까?"

"그게 문제입니다."

아무리 연예인에 대한 악플에 대해 과거보다 고소 고발이 많아졌다고 해도 최소 몇천, 최대 몇만이 될 수 있는 사람들을 연예인이 고소하는 것은 힘든 일이다.

"그러면 어떻게 합니까? 기자들에게도 읍소해 봤는데 방법이 없습니다."

"기자들은 그렇겠지요."

기자들이 원하는 건 진실이 아니라 자극적인 뉴스다.

그리고 지금 이런 건 아주 자극적인 뉴스다.

'그 과정에서 누가 피해를 입거나 자살하거나 하는 건 전혀 관심이 없지.'

오죽하면 '기레기'라는 말이 나오겠는가?

"가장 좋은 방법은 레딕스에서 적극적으로 나오는 건데요."

"이미 가 봤습니다. 그런데 적극적으로 안 도와줘요."

"흠……."

노형진은 턱을 문질렀다.

"일단은 만나 보고 이야기하죠."

결국 그 사생 팬들이 우상화하는 것은 레딕스다.

그런 만큼 그들을 만나 보고 이야기하는 것이 제일 좋았다.

"한번 만나서 해결책을 이야기해 봅시다."

노형진은 그들이 적극적으로 나서기를 바랐다.

하지만 현실은 언제나 피해자에게 잔인했다.

⚖️

"저희는 최선을 다했습니다만?"

레딕스의 대표인 중고성. 그는 어쩔 수 없다는 듯 말했다.

"최선을 다했다고요?"

"네, 저희는 최선을 다했습니다."

"그런 것 같지 않은데요?"

노형진은 최선을 다했다는 그의 말에 기가 막혔다.

'한 게 뭐가 있는데?'

엘라인과는 아무런 관련도 없다는 입장문을 발표한 것 말고는 한 게 없다.

대부분의 사생 팬들이 자신들을 우상화하면서 하는 짓인 만큼 그걸 말릴 수 있는 것도 레딕스다.

"더 이상 어떻게 할까요? 하지 말라고 할까요? 아니면 전화를 할까요?"

"그 정도 노력은 하셔야지요."

"그럴 수는 없습니다. 저희가 개개인에게 전화드릴 수도 없는 노릇이고."

"이봐, 중 사장. 우리끼리 이러기야?"

상주상은 억울한 마음에 세상이 무너지는 것 같았다.

같이 노력해서 콜라보 하자더니 자기들이 희생양이 되어 버리자 모른 척하는 중고성 때문이었다.

"아니, 나보고 어쩌라고. 이미 팬클럽에는 하지 말라고 말해 놨어."

"흠……."

하지만 제대로 이야기하지는 않았을 것이다.

'대충 알겠네.'

현 상황은 철저하게 엘라인에 불리하다.

공격은 엘라인이 받을 뿐, 레딕스는 공격받을 이유가 전혀 없다.

극성인 사람들을 보면 보이 그룹을 좋아하는 어린 여자애들인 경우가 많다.

걸 그룹의 팬클럽에도 여자가 있긴 하나 극성인 경우는 드물고, 설사 극성이라고 해도 전반적으로 보이 그룹에 비해 남성 팬들이 많아서 헛소리해 봐야 먹히지도 않는다.

일단 문제가 생기면 팩트부터 따지는 게 남자니까.

더군다나 나쁜 건 레딕스의 팬클럽이지 레딕스가 아니다.

'하지만 홍보 효과는 어마어마하지.'

레딕스는 가만히 있어도 홍보가 저절로 된다.

그러니 막지 않는 거다.

'우연이기는 하겠지만.'

물론 레딕스가 이런 걸 예상하고 콜라보를 요구하지는 않았을 것이다.

분명 우연일 것이다.

하지만 그렇다고 해도 문제를 해결하려는 노력을 전혀 하지 않는다는 것은 문제가 된다.

"그러면 하실 수 있는 최선을 다했다고 생각하시는 거죠?"

"우리는 최선을 다한 겁니다."

중고성은 모른 척 대답했다.

언론에서 레딕스를 한창 이야기하고 있으니 아마 마음속으로는 이 일이 계속 이어지기를 원할 것이다.

'그런 식으로 나온다 이거지.'

노형진은 코웃음을 쳤다.

'그러면 뭐, 어쩔 수 없지.'

노형진은 다른 건 몰라도 인성이 최우선이라고 생각하는 사람이다.

물론 기회가 된다면 기회를 잡아야 하지만, 그걸 잡기 위해 남을 고의적으로 깔아뭉개도록 놔둘 수는 없다.

'거기에다가 손해와 이득이 너무 차이가 심하잖아?'

이런 광고효과로 레딕스가 얻을 수 있는 건 지명도 정도다.

그게 광고 같은 걸로 이어질 가능성은 낮다.

좋은 일은 아니니까.

하지만 엘라인은 이번 일이 계속되면 결국 해체될 수밖에 없다.

"알겠습니다."

노형진은 자리에서 일어났다.

"그러면 우리는 우리 나름대로 최선을 다하죠."

중고성은 움찔했다.

지금까지 노형진이 한 모든 행동들이 기억난 것이다.

하지만 이내 자신감을 되찾았다.

'아무리 노형진이라고 해도 이런 일을 어찌할 수 있겠어?' 라는 생각이 들었기 때문이다.

사실 자신들이 잘못한 건 없으니까.

"미안합니다. 우리는 최선을 다했는데 도와드릴 게 없네요."

중고성은 천연덕스럽게 말했고, 상주상은 당황해서 중고성과 노형진을 바라보았다.

"저기, 노 변호사님, 방법이 없는 겁니까?"

"없네요, 여기는."

노형진은 길게 이야기하지 않고 나왔다.

그러자 상주상은 황급하게 노형진을 따라왔다.

"어쩌지요? 이대로는 방법이 없는 겁니까?"

"방법이 없는 건 아닙니다. 다만 여기에는 없다는 거죠."

"네?"

"대충 아시지 않습니까?"

"……."

"도와줄 생각이 없는데 여기에 있어 봐야 의미가 없지요."

노형진은 고개를 흔들면서 그곳을 나왔다.

"하지만 방법이 아예 없는 건 아닙니다."

"아니라고요?"

"네."

노형진은 씩 웃었다.

"사실 여기에 온 건 좋게 해결하고 싶어서입니다."

"좋게라니요?"

"제가 쓸 방법은 장기적으로 보면 레딕스를 몰락시킬 테니까요."

상주상의 얼굴이 창백해졌다.

"하지만 그 사람들은 잘못한 게 없는데요."

"잘못한 게 없긴요. 사람을 직접 칼로 찌르지 않았다고 해서 죄가 없는 게 아닙니다. 법에는 사후 방조라는 게 있습니다."

사람을 죽인 걸 알고도 모른 척하거나 또는 그 사람을 감춰 주는 범죄를 사후 방조범이라고 하며 그걸 처벌한다.

"사실 저들이 이 사건을 막으려고 했다면 충분히 막을 수 있습니다."

대부분의 경우가 그렇다.

극단적 공격을 하는 자들은 남성 그룹을 우상화하는 경우가 많다.

그리고 그 우상의 명령에 저항하지 않는다.

"하지만 저들은 지금 상황을 방치하고 싶은 겁니다. 그래야 자기들이 좋으니까."

"끄응."

"그렇다면 우리는 우리 나름대로 살아야지요."

노형진은 어깨를 으쓱했다.

"같이 죽을 수는 없지 않습니까?"

"그건 그런데……. 그러면 어떻게 해야 하나요? 기자들에게 더 읍소를 해야 하나요?"

"그럴 리가요."

노형진은 고개를 흔들었다.

그래서 해결될 문제라면 이미 해결되었어야 한다.

"제가 만날 사람은 로비스트입니다."

"로비스트요?"

"네, 후후후."

⚖️

정신과는 정치인들에게 로비를 많이 하는 학회로 유명하다.

그럴 수밖에 없는 게 다른 병과 다르게 정신병은 사회학적으로 분류하는 게 가능하기 때문이다.

'그래서 나중에 게임도 무조건 게임 중독 운운하면서 정신병으로 몰아가지.'

물론 진짜 중독되는 사람도 있기는 하지만 하루에 한 시간 정도 잠깐 하는 사람까지 정신병 운운하면서 상담 치료가 필요하다고 주장하기도 했고, 정치계는 그런 그들에게 포섭되어서 치료비 명목으로 게임에서 돈을 뜯어내려고 온갖 수작질을 다 했다.

'지금도 마찬가지이고.'

돈만 된다면 뭐든 다 하는 작자들이 그쪽 인간이다.

그리고 노형진은 그들을 이용할 생각이었다.

'사실 심각한 정신병인 건 맞으니까.'

노형진은 그렇게 말하면서 눈앞에 있는 여자를 바라보았다.

'조연수 국회의원.'

정신과 출신 국회의원이자 정신과학회에서 국회에 로비를 할 때 쓰는 창구이기도 하다.

"이번 일은 일부 정신병자들의 공격이 얼마나 극렬한지를 보여 주고 있는 겁니다."

노형진이 정신병이라는 주제를 들고 오자 그녀의 눈에서는 빛이 반짝거리기 시작했다.

돈이 되는 일이었으니까.

"그런 일이 있었군요. 힘드시겠습니다."

말로는 힘들겠다고 위로하지만 눈에서 보이는 광기는 돈에 대한 탐욕으로 흘러넘쳤다.

"그런 의미에서 이번 사건은 장기적으로 사생 팬, 아니 생사 팬의 문제에 대해 정신학적 해결 방법을 찾아봐야 한다고 생각합니다."

"저 역시 공감합니다. 그런 일이 있을 줄은 몰랐네요. 사생 팬들이 그렇게 극렬하다니."

"사생 팬이 아니라 생사 팬입니다. 과거에 유명 그룹 해체할 때 아이들이 어떻게 행동했는지 기억해 보세요. 그게 정상적인 반응은 아니지 않습니까?"

"뭐가 다르죠?"

"사생 팬은 사생활을 침해하는 팬이라서 사생 팬인 겁니다. 하지만 이건 생사 팬, 그러니까 가수의 생명에까지 집착하는 상황입니다. 이러다간 진짜 가수들이 자살하고도 남습니다. 실제로도 그런 경우가 많았고요. 이건 진짜 정신병입니다."

"맞아요. 비정상적인 정신병의 발현이지요. 과도한 집착 그리고 그로 인한 판단 저하까지. 생사 팬이라, 맞는 말이네요."

"이 문제를 어떻게 해서든 해결하고자 합니다."

과거에 모 유명 그룹이 해체한다고 발표했을 때 사생 팬들은 그 해체를 막겠다고 별짓을 다 했다.

항의 방문은 기본이고 8차선 도로에서 해체를 막겠다고

팔짱을 끼고 드러눕기도 했다.

심지어 전혀 상관없는 사람의 차를 박살 내는 만행까지 저질렀다.

상식적으로 말이 안 된다.

'그리고 사생 팬은 사실 가수 입장에서도 도움이 안 되거든.'

사람들은 사생 팬이 오덕과 비슷하다고 많이 생각한다.

하지만 그 둘은 전혀 다르다.

오덕, 즉 오타쿠들은 상대방에 대해 무한한 애정을 가지고 있지만 그 때문에 상대방에게 피해를 주지는 않는다.

아니, 대상이 사실상 존재하지 않기에 피해를 줄 방법이 없다.

'하지만 사생 팬은 아니지.'

사생 팬의 애정의 대상은 살아 있는 사람, 즉 삶을 살아가는 존재다.

그들에게 집착하면서 그들을 따라다니고 그들을 감시하며 그들에게 온갖 범죄를 저지르고, 그걸 애정이라고 표현한다.

'상대방이 연예인이 아니라면 명백하게 스토커로 처벌받을 만한 행동들이지.'

하지만 연예인이라는 특성상 어쩔 수 없이 받아들이는 부분일 뿐이다.

당연히 연예계에서는 그런 사생 팬들을 좋아하지 않는다.

그들이 사 주는 게 적지는 않지만 아주 많은 양은 아닌 데

반해 대부분 그와 관련한 문제를 일으키니까.

"그래서 엘라인에서 이번 일을 해결하기 위해 나설까 생각 중입니다."

"정신과 치료를 위해서 말이군요."

"네. 그래서 학회에서 지원을 좀 해 주셨으면 합니다."

"얼마든지요. 어떤 지원이 필요하십니까?"

"관련 검사를 준비해 주시고, 방송에 나가실 만한 유명한 의사분을 찾아 주세요."

"그러도록 하겠습니다."

돈이 된다는 생각에 조연수는 기꺼이 도와주겠다고 했고, 노형진은 그녀와 이야기를 마치고 바깥으로 나왔다.

"정신병이라……. 하긴, 이해가 가네요."

노형진은 이번 일을 하기 위해 연예계에 대해 잘 아는 고연미 변호사에게 도움을 요청했고, 그녀는 기꺼이 도움을 주기로 했다.

"고 변호사님도 당해 보셨습니까?"

"말도 마세요. 미친놈들이 얼마나 많은데요."

고연미가 활동할 당시 그다지 크게 성공한 그룹이 아닌데도 불구하고 집 앞에 가면 상시 사람들이 기다리고 있었다고 한다.

"한 번은 숙소에 갔는데 글쎄, 우리 속옷이 모조리 털린 적이 있었다니까요."

"모조리요?"

"네. 그때는 돈이 없어서 빌라에서 지냈거든요."

그랬더니 옥상에서 배관을 타고 들어와서 멤버들의 속옷을 모조리 털어 갔다는 것이다.

"그거 보고 기겁해서 바로 숙소를 아파트로 바꿨어요. 그것도 최대한 높은 곳으로요."

"흠."

"미친놈들이 너무 많아요. 그 애들은 그게 팬질이라고 생각하지만요."

"하지만 정신병적으로 보면 집착이죠."

"맞아요. 이번 사건도 마찬가지고요."

고연미는 씁쓸하게 말했다.

"엘라인을 보고 있으면 제 과거를 보는 것 같아요."

"비슷한 일이 있었나 보군요."

"네, 비슷한 게 있었죠."

콜라보 무대가 한번 터지고 난 다음에 모 그룹의 팬클럽에게 공격받아서 만신창이가 되어 버렸단다.

"그나마 오래 안 간 게, 한 달 정도 지났을 즈음에 그 그룹 멤버 열애설이 터져서 우리 게 묻혔거든요."

"그래요? 다행이네요."

"다행인 건 아니죠. 그 열애설이 터진 여배우는 그대로 인생이 좆났으니까."

"네? 그게 무슨 말이죠?"

"그 열애설이 기자들이 흔하게 쓰는 뇌피셜이었거든요."

쓸 만한 거리가 없으니 기자들이 대충 상상해서 던진 열애설이었다.

정작 그 두 사람은 사석에서 본 적도 없고 서로 전화번호도 몰랐는데 말이다.

하지만 사생 팬들은 그녀가 출연하는 드라마와 관련해서 전화하고 욕하고 그녀가 광고하던 회사에 테러하고 심지어 그녀의 집에 목이 잘린 고양이까지 보내는 등 미친 짓을 제대로 했다.

"그 사람이 뭐라도 출연하려고 하면 그 난리가 나는데 누가 그 배우를 쓰겠어요?"

"아아."

노형진이 우려하던 가장 큰 문제가 터진 것이다.

"결국 뭐, 제대로 뜨지도 못하고 그냥 사라졌죠. 아까워요. 재능 있는 사람이었는데요."

고연미는 진심으로 안타까워하는 듯했다.

"진짜 제정신이 아니더라고요."

"정신병이니까요."

노형진은 고개를 끄덕거렸다.

"그걸 고쳐 나가려고 하는 거니까 좋게 생각합시다."

"그러면 우리는 어떻게 해야 하나요? 그냥 저 사람들에게 맡기면 그만인가요?"

"아니요. 그건 아닙니다."

정치인을 찾아온 가장 큰 이유는 이게 이슈화되었을 때 저들이 알아야 이걸 정치적 이슈로 몰아서 법안을 만드는 등의 행동을 하려고 할 것이기 때문이다.

"연예 기사로는 길어 봐야 그 수명이 2주도 안 갑니다. 하지만 법안을 만들기 시작하면 그 뉴스는 못해도 세 달은 가죠."

"그건 알겠는데, 우리가 정신이상으로 주장한다고 해서 그게 받아들여지는 건 아니잖아요?"

"그건 아니죠. 하지만 법원이라면 달라지죠."

"네?"

"제 경험상 이런 일을 하는 아이들의 상당수는 어린아이들입니다."

철없는 20대도 있기는 하지만, 이런 극단적인 집착의 성향을 보이는 아이들은 10대가 대부분이다.

30대만 되어도 현실과 환상의 사이에서 흔들리지 않는다.

"요즘 표현을 빌리자면 최애이기는 하지만 그게 현실이 아닌 걸 알죠. 하지만 10대는 아니죠."

"그건 그래요. 가장 무서운 게 10대 사생 팬이었으니까."

"그리고 그게 문제가 되죠."

10대 아이들을 명예훼손으로 고발해 봐야 결국 어리다는 점 때문에 대부분 선처해 줄 수밖에 없고, 설사 선처하지 않는다고 해도 대부분 알아서 정부에서 놔줘 버린다.

"언제부턴가 한국에서는 어리다는 게 무슨 법 위에 존재하는 권리쯤 되어 버렸다니까요."

"그런데요?"

"그러니까 우리는 전략을 바꿔야 합니다. 그 애들을 보호하는 걸로요."

"네?"

노형진의 말에 고연미는 깜짝 놀랐다.

"그 애들을요? 그 미친 애들을?"

"네."

"아니, 그러면 뭐가 달라지는데요? 더 미쳐서 날뛸 것 같은데요."

"진짜로 보호하자는 건 아닙니다. 그건 외부적인 이미지죠. 사실 엘라인이 그 애들을 보호할 책임은 없습니다."

"그건 그렇죠."

고연미는 고개를 끄덕거렸다.

그럴 이유도 없고 그럴 능력도 안 된다.

"하지만 부모들에게 경고할 수는 있죠."

"받아들일까요?"

"안 받아들이겠죠."

노형진은 어깨를 으쓱하면서 차에 올라타더니 시동을 걸었다.

주차장으로 왔으니 다음 장소로 가야 하니까.

"하지만 공포는 불러일으킬 수 있습니다."

"공포요?"

"네. 우리나라에서 정신과가 차지하는 비중이 낮은 이유가 뭔지 아세요?"

"혐오 때문일걸요."

다른 부위는 아프다고 당당하게 말해도 사람들이 이상하게 생각하지 않는다. 살다 보면 몸 여기저기가 아플 수 있으니까.

하지만 정신적 문제 때문에 정신과에 다닌다고 하면 사람들은 색안경을 끼고 본다.

그래서 대부분의 사람들은 정신과에 대해 부정적으로 생각한다.

"그런 부모들에게 '자식이 미쳤습니다.'라고 하면 어떻게 할까요?"

"절대 부정하려고 들겠지요."

"하지만 그걸 인정할 수밖에 없는 상황이 된다면요?"

"그런 상황이 된다면……."

고연미는 움찔했다.

노형진이 정치인을 찾은 이유를 알아차린 것이다.

"그게 계획이군요."

정치인들이 관련 법을 만든다고 언론에서 때리고, 정치인들과 결탁한 기자들은 사생 팬의 정신적 문제에 대해 떠들 것이다.

'게임 때도 마찬가지였으니까.'

그때도 대놓고 언론에서 논문도 조작하고 인터뷰도 조작하고 실험도 조작하고 별짓을 다 했으니까.

"그럼 언론에서 보기에는 사생 팬은 정신병자가 되는 거죠."

문제는 그게 실제로도 정신병이라는 거다.

좋게 말해서 추억이라고 할 수도 있지만, 일단 공격성을 띠는 순간 그건 추억이 아니라 정신과 진료가 필요한 정신병이 된다.

"그러면 엘라인을 공격하는 그 애들이 정신병자가 되겠군요."

"정확합니다."

그리고 그 애들의 말에 동조하는 애들 또한 똑같은 정신병자가 되는 거다.

"자기가 정상인이라고 생각하는 사람들은 정신병자라고 하는 남들 말을 안 듣죠."

"그 말을 들으면 자기가 정신병자인 걸 인정하는 셈이고요."

그리고 그게 장기적으로 사생 팬 전반에 영향을 미치면 연예계에서 사생 팬들의 압력은 훨씬 약해질 것이다.

"사생 팬이 무조건 나쁜 건 아닙니다. 뭐, 따라다닐 수 있어요. 애정의 대상이 있는 건 문제가 안 되니까요. 하지만 그걸 이유로 무관한 타인을 공격하면 그건 정신병이 되는 거죠."

그리고 그걸 치료하기 위해 엘라인이 나선다면 언론에서
는 그들을 철저하게 피해자로 규정할 수밖에 없다.

"자, 두고 보자고요, 후후후."

노형진은 그 사생 팬들이 과연 자신들의 인생을 걸고서도
미친 짓을 계속할지 궁금해지기 시작했다.

⚖

얼마 후 엘라인은 언론에 기자회견을 했다.

-저희는 얼마 전부터 일부 정신병을 가진 환자들에게 집단적으
로 공격을 받고 있습니다. 처음에는 명예훼손 등으로 처벌을 할까
했지만 정신이상에 대한 책임을 물을 수 없다는 법률 규정에 따라
그 책임을 묻지 않기로 했습니다. 하지만 그러한 정신이상자를 그냥
방치하고 치료하지 않는 부모들의 행동에 우려되어 그 정신이상자
들의 부모들에게 상징적인 의미로 30만 원 상당의 손해배상을 청구
하기로 했습니다.

기자회견을 하면서 상주상은 노형진이 조언한 대로 엘라
인에게 날아온 온갖 저주 문구와 짐승의 사체들을 증거로 제
시했다.

−지금은 저희 엘라인에게 공격이 가해지고 있지만 정신이상자들이 저희가 아닌 다른 제삼자들에게 공격을 가하게 된다면 그 피해가 커지기 때문에 저희는 어쩔 수 없이 이번 일을 진행합니다. 하지만 피해를 주고자 하는 것이 아니라 현실적인 치료를 받게 하기 위해서는 개인을 특정해야 하기 때문에 이번에 들어온 협박 건에 대해 협박 또는 허위 사실 유포에 의한 명예훼손으로 고발을 넣을 생각입니다. 저희는 이걸로 돈을 벌려고 하는 것이 아닙니다. 그렇다고 복수를 하는 것도 아닙니다. 다만 정신이상 징후를 보이는 일부 사람들에 대한 치료가 시급하며 방치할 경우 사회적으로 어떤 일이 벌어질지 두려워서입니다.

상주상의 기자회견이 나가고 난 후 인터넷은 난리가 났다.
물론 엘라인을 공격하던 팬들은 불리하니까 정신이상이라고 뒤집어씌운다고 난리가 났다.
하지만 대부분은 두려워했다.
두려워할 수밖에 없었다.
"정신이상이라는 것은 대부분 공포의 대상이죠."
노형진은 계속 인터넷을 새로 고침 하면서 말했다.
"정신이상이 두려운 건 그가 단순히 제정신이 아니기 때문이 아닙니다. 진짜 두려운 이유는 그들에게 이유가 없기 때문이죠."
정신이상으로 인한 묻지 마 살인.

그건 법적으로 제대로 처벌도 하기 힘든 데다가 이유도 대상도 특정되지 않는다.

"진짜 아침에 일어나서 '사람을 죽여야지.' 하고 칼을 들고 나가는 놈들이 정신병자들이거든요. 사람들은 그걸 알고 있고요. 그리고 대부분의 사람들은 그걸 두려워하죠."

자신이 아무리 잘못한 게 없어도 어느 순간 미친놈을 만나면 그냥 죽는 거다.

그리고 그렇게 죽으면 하소연할 곳도 없는데 정작 가해자는 미친놈이라고 풀려난다.

"그러니 사람들이 정신이상을 꺼리는 거죠. 물론 그런 진짜 정신이상자들은 1% 미만이지만요."

그리고 대부분의 정신이상자들은 정신병원에 들어가 있다.

"아, 떴네요."

"뭐가요?"

"뭘까요?"

노형진은 씩 웃으며 화면을 돌렸다.

그러자 노형진이 지금까지 계속 인터넷을 새로 고침 한 이유가 화면에 나타났다.

"정신이상으로 인한 묻지 마 살인?"

"네, 하루에 한 번 이상 살인 사건이 터지니까요."

애석하게도 살인 사건은 하루에 몇 번씩 터진다.

그리고 대부분의 살인은 그 확실한 이유가 있다.

'하지만 가해자도 이유도 불확실할 때가 있지.'

그럴 때 기자에게 적당한 돈을 주고 그걸 정신병자의 묻지 마 살인으로 만드는 것은 어려운 일이 아니었다.

그걸 가지고 기자를 고소할 사람은 없으니까.

얼마 전 경북 ○○에서 정신병자의 묻지 마 살인으로 보이는 사건이 벌어졌다. 경찰은 해당 피해자에게 특별한 원한 관계가 없으며 동네에서 평범한 삶을 살아가는 주민이라 발표했다.

십여 차례 칼에 찔린 피해자는 병원으로 이송되었으나 숨졌다. 원한 관계보다는 정신병자의 묻지 마 살인으로 본다는 경찰의 발표에……

"이게 사실이에요?"

"모르죠."

노형진은 모른다고 말했지만 이 사건을 안다.

사실 이 진실은 정신병자의 묻지 마 살인하고는 전혀 관련이 없다.

'원래 조폭이었지, 피해자가.'

조폭이었다가 은퇴하고 시골로 내려갔다.

그런데 그가 조폭이던 시절에 그가 저지른 죄를 대신해서 뒤집어쓰고 감옥에 간 후배가 한 명 있었다.

철모르는 후배는 그게 의리라고 생각해서 그 대신에 가족들을 부탁했는데 당연하게도 의리란 없었고, 후배가 감옥 생활을 마치고 나왔을 때는 아버지는 이미 돌아가셨고 어머니는 암으로 사경을 헤매고 있었으며 하나뿐인 동생은 자살한 후였다.

'그 원한으로 살해한 거지.'

해결에만 무려 2년이 걸린 사건.

그러니 지금 정신병으로 인한 묻지 마 살인으로 몰아간다고 한들 그걸 의심할 일은 없었다.

애초에 살해 현장 자체가 시신이 무척이나 심하게 훼손되었는데 그런 경우는 원한에 의한 살인 아니면 정신병으로 인한 살인이니까.

"이걸 좀 파 달라고 했죠."

안 그래도 정신이상으로 인한 문제로 시끄러운 상황에서 갑자기 정신이상자에 의한 살인 사건이 보도되면 사람들의 흐름이 어디로 갈지는 뻔하다.

"노리신 거군요."

"노린 거죠."

노형진은 씩 웃었다.

"하지만 이건 이제 시작입니다."

노형진은 느긋하게 말했다.

"제가 미끼를 던졌으니 이제 정치권에서 덥석 물 겁니다."

확실하지 않지만 누가 봐도 의심스러운 상황.

노형진이 미리 이야기해 놨으니 정치권에서는 이 문제에 대해 계속 이야기할 게 뻔하다.

　"그리고 방송에서도 자칭 전문가를 데려다가 이야기하겠지요."

　물론 저런 건 프로파일러를 불러다가 분석하는 게 제일 확실하다.

　하지만 지금까지 방송국에서 프로파일러를 부른 적은 단 한 번도 없다.

　그들에게 필요한 건 자극이지 진실이 아니니까.

　"그리고 분위기는 우리에게 넘어올 겁니다, 후후후."

　노형진은 자신 있게 말했다.

사생결단을 내야 할 듯?

　-이번 사건과 관련해서 우려되는 부분은요, 사이코패스들은 어려서부터 짐승에 대한 학대나 살해를 취미 삼아서 한다는 거죠. 특히나 지난번에는 엘라인이라는 걸 그룹을 협박하기 위해서 목이 잘린 쥐나 고양이, 개의 사체를 보내는 타입이 있었는데요. 그러한 타입은 공격성을 감추고 있다가 자신의 마음에 안 들면 공격성을 드러내는 타입입니다. 소위 말하는 묻지 마 살인이 될 수도 있지만요, 다른 형태로 그 공격성이 드러날 수도 있습니다. 가령 마음에 안 든다는 이유로 성추행이나 강간으로 신고하는 사람들이 그런 사람인데, 이는 명백한 정신이상으로 상대방에게 피해만 줄 수 있다면 어떤 거짓말이나 행동도 감수하겠다는 극단적 감정 때문입니다. 이런 환자들은 보통 이유 모를 피해망상을 가지고 있으며 주로 집착에

대한…….

　노형진의 예상대로 언론에서는 정신이상자들의 사회 범죄에 대한 뉴스가 나가기 시작했다.

　안 그래도 불안한 상황에서 그런 이야기가 계속되자 여론은 엘라인 쪽으로 넘어가기 시작했다.

　"완전히 상황이 바뀌었네."

　고연미는 신기하다는 듯 말했다.

　"여론이라는 건 결국 단순해요. 나에게 피해가 오느냐 마느냐 하는 거죠. 좀 잔인하게 말해서 나한테 좋은 거면 전쟁을 해도 좋은 거고, 나한테 나쁜 거면 자선 활동을 한다고 해도 나쁜 거죠."

　노형진은 서류를 넘기며 말했다.

　"만일 엘라인이 명예훼손으로 고발한다면 그건 자신에게 오는 피해가 아닙니다. 제삼자의 문제죠. 하지만 정신이상은 아니죠. 지금이야 엘라인을 공격하지만 다음은 자신이 될 수도 있어요."

　거기에다 엘라인에게 협박이나 기타 물건을 보내면서 무차별적으로 공격하는 사람들은 현재 3천 명이 넘는다.

　"거의 전국에 퍼져 있는 상황이죠."

　그런데 그들이 갑자기 대상을 엘라인이 아니라 다른 쪽으로 돌린다면 다음번에는 자신들이 죽을 수도 있는 문제가 된다.

"그러니 엘라인 편을 들어 줄 수밖에요."

사람들도 안다, 미친놈이 사람을 죽여 봐야 그는 풀려난다는 것을.

그러면 해결책은 뭘까? 바로 그런 놈들을 걸러 내서 치료하는 거다.

"그리고 무려 3천 명이나 되는 애들이 걸러 내졌죠."

남은 건 치료뿐이다.

"그리고 그 책임은 부모에게 있으니까……."

이제 부모들에게 난리법석을 떨 시간이었다.

⚖️

가장 먼저 이루어진 것은 형사소송이었다.

물론 공식적으로 형사소송이 아닌 민사소송을 한다고 이야기하기는 했다.

하지만 그건 어디까지나 방송 이야기일 뿐이다.

'어디 한번 제대로 당해 봐라.'

사실 미친 짓을 하는 놈들이기는 하지만 이런 놈들의 대부분은 정말로 당해 본 적이 없어서 그런다.

물론 진짜 미친놈들이 있기는 하다.

실제로 명예훼손으로 한번 잡았지만 선처해 주자 나중에 또 잡힌 놈도 있으니까.

그것도 같은 가수에게 말이다.

그리고 그놈은 천연덕스럽게 선처를 요구했다.

그러나 선처를 바라는 게 아니라 요구하는 놈에게 선처해 줄 사람은 없었다.

"이로써 우리가 하는 행동에는 정당성이 부여되었지요."

노형진은 산더미처럼 쌓여 있는 고소장을 보면서 미소 지었다.

총 삼천백쉰여덟 개의 고소장.

"세상에 이렇게 미친놈이 많은가요?"

그냥 한두 마디 한 게 아니라 지속적으로 헛소리하고 허위 사실 유포한 사람들만 골라낸 게 이 정도다.

그냥 부화뇌동하면서 이리저리 끌려가던 사람은 넣지도 않았다.

어차피 사라질 글들이니까.

"이렇게 넣고 나면 그쪽도 대응책을 만들어 낼 것 같은데요?"

"뭐, 그거야 뻔합니다."

노형진은 어깨를 으쓱하며 말했다.

"그리고 그 해결책은 이미 만들어 놓은 상황이고요."

노형진은 살짝 미소 지었다.

"그러니까 걱정하지 마세요. 우리가 걱정할 부분은 하나뿐입니다."

"그게 뭐죠?"

"경찰들이 일 안 하는 거요."

노형진의 농담 아닌 농담에 고연미는 걱정스러운 표정이
되었다.

"하긴, 경찰들이 진짜 일하기 싫겠네요."

잔뜩 쌓여 있는 고소장을 보면 누구라도 일하기 싫어지리라.

"열심히 하기를 바라야지요, 후후후."

그래도 노형진은 양심이 있었다.

최대한 해당 고소장을 여러 곳으로 분류해서 집어넣었다.

물론 그랬다고 해서 사건의 양이 줄어드는 것은 아니지만
말이다.

그렇게 어느 정도 시간이 지나자 드디어 입질이 오기 시작
했다.

"노 변호사님, 큰일 났습니다."

"큰일요? 뭔 큰일요?"

"엘라인대량고소대책위원회라는 게 만들어져서 저희를 규
탄한답니다!"

상주상은 울 것 같은 표정으로 말했다.

"그래요?"

노형진은 시큰둥하게 말했다.

상황이 급박하게 돌아가는데 별로 신경을 안 쓰는 듯한 노형진의 모습에 상주상은 손이 바들바들 떨렸다.

"어떻게 합니까, 노 변호사님! 그놈들이 내용증명도 보내왔습니다. 그리고 반엘라인운동도 전개한다고……."

"내용증명이라……."

노형진은 느긋하게 의자에 기대앉았다.

그리고 마치 본 것처럼 내용을 읊어 대기 시작했다.

"아마 주요 내용은 이런 거겠지요. 사회적인 공론의 장을 막고 어쩌고 집단 고소로 블라블라. 결과적으로 내용을 정리하면 합의금 장사하지 마라, 뭐 그런 거 아닙니까?"

"에?"

상주상은 깜짝 놀랐다.

정확하지는 않지만 내용 자체는 맞는 말이기 때문이다.

"그걸 어떻게 아셨습니까? 혹시 그쪽 고문 변호사를 아시나요?"

"아니요. 뻔한 겁니다."

노형진은 자리에서 일어났다.

그리고 찌뿌둥한 몸을 한번 움직여서 풀고 느긋하게 상주상에게 말했다.

"사실 이런 집단 소송에서는 100% 나오는 변명이 그거거든요. 합의금 장사하지 마라."

"네?"

"이런 사건이 한두 번인 줄 압니까?"

인간은 뭐 하나 있으면 그때마다 휩쓸린다.

물론 고소한 사람이 나쁜 놈인 경우도 있지만 반대로 범죄자들이 피해자를 억압한 경우도 차고 넘친다.

"그때마다 집단의 힘을 빌려서 주장하죠. 합의금 장사하지 마라."

"합의금 장사라니요?"

"그런 인간들은 기본적으로 범죄자입니다. 범죄자 마인드가 뭐 어디 가겠습니까?"

그들이 보기에는 자기들이 잘못한 게 아니다.

그냥 고소한 사람이 자기한테 돈 뜯어내려고 하는 짓거리라고 생각할 뿐이다.

"인간들은 집단을 이루면 자기들이 유리하다고 생각합니다."

노형진은 그렇게 말하면서 서랍에서 뭔가를 꺼내 들었다.

"그런 걸 집단의 허상이라고 하죠."

"집단의 허상요?"

"네, 이번 사건의 경우 집단을 이루었습니다. 하지만 사건 전반에서 바뀐 게 뭐가 있죠?"

"그건……."

없다.

그들이 만나서 시위를 한 것도 아니고, 그들이 와서 협상권을 얻은 것도 아니다.

그저 인터넷에 대책위원회라고 카페 하나 만들고 거기에 들어가서 와글거리면서 자기들끼리 욕하고 자기들은 잘못한 게 없다고 빽빽거린 것뿐이다.

"이건 기본적으로 바뀐 게 없습니다. 그들이 뭉쳤다고 해도 말이죠. 그래서 제가 허상이라고 하는 겁니다."

"하지만 그 사람들이 악의적인 소문을 집단으로 퍼트리면……."

"뭐, 지금까지는 안 그랬나요?"

노형진의 말에 상주상은 아차 싶었다.

그래서 고소를 넣었던 인간들이다.

여기서 그들이 다시 그런다고 해도 엘라인 입장에서 바뀌는 것은 없다.

"도리어 저는 일거에 소탕할 수 있는 기회라고 생각합니다만."

"어째서요?"

"저렇게 뭉쳐 있으면 자기들끼리 뭔 헛소리를 해도 다 편들어 주거든요. 그래서 그 자체가 증거가 됩니다. 그러니 들어가서 감시해야지요."

"하지만 그게 쉽지가 않습니다."

그런 걸 예상해서일까? 가입 조건이 고소장을 증명하는 거다.

그렇다 보니 마음대로 가입할 수 있는 게 아니라는 거다.

"압니다. 그런 규정이 있더군요."

노형진은 고개를 끄덕거렸다.

"아시나 보군요."

"매일같이 보고 있으니까요."

"네? 매일요?"

그 말은 자신이 알기도 전에 이미 관리하고 있었다는 소리가 아닌가?

"어떻게요?"

고소장을 증명해야 들어갈 수 있는데 말이다.

"제가 넣은 고소장은 삼천백쉰여덟 개입니다."

"그건 전에 말씀하셨습니다. 엄청 많다고 다들 놀랐죠."

"그런데 제가 만든 고소장은 삼천백여든여덟 개죠."

"네?"

그러면 만든 게 서른 개가 더 많다는 소리다.

"진위 여부를 확인하는 방법은 간단하죠, 우리 직인이 있느냐 없느냐. 설마 우리 직인을 우리가 가지고 있는데 그걸 못 찍겠습니까?"

상주상은 입을 쩍 벌렸다.

"그 말은, 저런 걸 만들 걸 예상하고 있었다는 말씀이신가요?"

"네, 저런 작자들의 행동 패턴은 뻔하거든요."

일단 뭉쳐서 자기 사람들을 만들려고 한다.

그리고 집단의 힘으로 대항하려고 한다.

"그리고 전국에 있는 사람들이 모이는 공간으로 인터넷처럼 좋은 곳이 있을까요?"

그렇다고 그들이 돈을 들여서 따로 홈페이지를 만들지는 않을 것이다.

"그리고 저런 집단은 누군가 붙어서 열심히 관리해 줘야 하지요. 생계를 포기하고 누군가 계속 카페 내부에서 통제를 해 줘야 합니다. 그럴 수 있는 사람이 얼마나 될까요?"

"네? 잠깐, 그러면 그 관리인이?"

"카페 주인은 저희가 아닙니다만 관리를 하는 사람 중 한 사람은 저희 사람입니다."

상주상은 그 말을 들으면서 노형진이라는 변호사가 왜 무서운지 알 것 같았다.

나름대로 대응책을 만들려고 했겠지만 결국 그걸 예상하고 움직이는 사람에게는 그들이 아무리 노력해도 저항하지 못한다.

"그들이 거기서 떠드는 모든 말은 지금 실시간으로 모이고 있습니다. 나중에 소송을 할 때 도움이 될 겁니다."

"하지만 그래도 합의금 장사라는 이미지가……."

그게 문제다.

합의금 장사라는 이미지는 어쩔 수 없이 생긴다.

당장 3천 명이라고 하면 한 사람당 100만 원만 해도 30억이다. 절대 작은 돈이 아니다.

"맞습니다. 게다가 유명인이라는 점과 명백하게 악의를 가지고 허위 사실 유포를 한 점을 생각하면 절대 100만 원은 안 나오죠."

노형진은 어깨를 으쓱하며 말했다.

분명 돈을 벌면 합의금 장사라는 저들의 주장에 힘을 실어 주게 된다.

"하지만 그 돈을 다르게 쓴다면 이야기는 달라지지요."

"달라진다?"

"네, 후후후."

노형진은 서랍에서 꺼낸 종이를 상주상에게 건넸다.

"내일 이걸 발표하세요. 그러면 상황이 뒤집어질 겁니다."

"이건?"

"미리 만들어 둔 합의서입니다."

노형진은 웃으며 말했다.

"과연 그걸 들은 놈들이 합의금 장사를 한다는 소리를 할 수 있을지 모르겠네요."

다음 날, 상주상은 해당 합의서 내용을 기자들 앞에서 공개했다.

합의서의 내용은 다음과 같습니다.

첫째, 합의의 조건은 가해자의 정신과 상담 및 치료 증명이다.

해당 치료가 증명된다면 저희는 합의금을 한 푼도 받지 않을 생각입니다.

둘째, 치료를 거부한다면 합의금 또는 손해배상을 청구할 것이며 해당 금액은 해당 가해자의 범죄 피해자들에게 전액 상담 치료비로 제공한다.

정신과에는 '진짜 미친놈이 아니라 그 미친놈에게 당한 피해자들이 오더라.'라는 말이 있습니다. 그러한 가해자들이 공격하는 대상이 저희 엘라인만은 아닐 거라 생각합니다. 그러한 피해자들로 인해 피해를 입은 다른 분들 역시 상담 치료가 필요하다고 봅니다.

셋째, 모든 세무 기록은 법원에서 정한 세무사를 통해 처리되며 모든 입출금 역시 해당 계좌를 이용한다.

저희는 단 한 푼의 이익도 바라지 않습니다. 다만 이로 인해 정신병적 사고가 발생하지 않기를 바랄 뿐입니다.

합의금에 관해서 파격적이다 못해서 아예 대놓고 돈을 받지 않겠다는 이야기에 여론은 갈피를 잡지 못했다.

가해자들은 자기들을 미친놈 취급하느냐면서 광분했지만 국민들 입장에서는 엘라인 측이 돈 욕심을 부리는 것으로는 보이지 않았다.

"애매하기는 하네요."

고연미는 노형진의 말대로 소송을 진행하면서도 곤란한 듯 말했다.

"전체적으로 우호적이기는 한데요, 그렇다고 딱히 우리를 우호적으로 보고 있는 것도 아니네요."

"한국은 이런 걸 별로 안 좋아하죠."

한 사람이 하든 열 사람이 하든 백 사람이 하든, 그건 범죄일 뿐이다. 그런데 한국은 집단적으로 고소하는 것을 좋게 보지 않으려고 한다.

"그런데 엄밀하게 말하면 집단적 괴롭힘은 아닌데 말이죠."

도리어 반대다. 가해자가 많을 뿐 이건 1 대 1의 범죄행위이고 그에 대한 처벌일 뿐이다.

"뭐, 이것도 길게 갈 생각은 없지만요. 제가 부탁한 건 어떻게 되어 갑니까?"

"가해자들에 대해 조사하는 거 맞죠? 어떻게 그런 생각을 하셨어요?"

"뻔하죠."

노형진은 느긋하게 말했다.

"그런 범죄적 성향을 가진 애들이 과연 피해자를 엘라인만 만들었겠습니까?"

단순히 글을 퍼다 나른 사람이라면 모르지만 일부는 진짜 극단적인 행동도 서슴지 않았다.

협박을 하기도 했고 몇몇은 동물의 사체를 보내기도 했다.

"그런 애들은 타고난 공격성이 있죠."

노형진은 느긋하게 말했다.

"그런 애들은 엘라인뿐만 아니라 다른 사람에게도 기회가 있으면 그렇게 공격적으로 대할 겁니다. 그리고 현 상황에서 저 애들이 써먹을 가장 강력한 무기는 '나는 어리다'라는 것일 테고요."

합의금 장사라는 명목으로 압박을 가하려고 했지만 표준 합의서를 공개한 이상 그 주장은 먹히지 않는다.

다른 합의서를 작성할 수가 없게 되었으니까.

"그럼 대부분은 어리니까 봐 달라는 식으로 나올 텐데, 그러면 불리한 건 이쪽이죠."

물론 엘라인의 멤버들도 어리다.

멤버 중 한 명은 이제 막 성인이 되었다.

"하지만 어찌 되었건 저쪽은 미성년자니까."

노형진은 씩 웃으며 말했다.

"그럴 때는 저쪽에 더 많은 피해자를 들이밀면 됩니다."

저들은 자기들이 피해자라고 주장하고 있다.

그걸 깨는 방법은 간단하다.

그들에게 당한 다른 피해자를 보여 주는 것이다.

"그리고 저런 공격적인 성향을 가진 애들은 학교에 분명 다른 피해자가 있을 겁니다."

노형진은 그 부분을 감안해서 고연미에게 질이 아주 안 좋은 몇몇에 대해 조사를 부탁했다.

이것이 법이다

"맞아요. 몇몇은 학교에서 일진으로 활동하고 있더라고요. 어떻게 아셨어요?"

"글과 행동은 전혀 다르거든요."

글이나 허위 사실을 퍼 나르는 것은 별 느낌이 없다.

하지만 짐승을 직접 죽이는 것은 전혀 다른 일이다.

"버튼을 눌러서 미사일을 쏴서 1만 명을 죽이는 건 별 느낌이 없지만 자기 손으로 백 명을 죽이는 건 심각한 일이죠."

즉, 정신적 부분이 그만큼 불안정하다는 거다.

"그런 놈들에게 당한 피해자를 우리 쪽에서 전면에 내세울 겁니다. 그러면 저들은 이미지가 완전히 망가지겠지요."

"아…… 그래서……."

그래서 노형진이 그들이 뭉치게 둔 것이다.

뭉치게 하고 그들 중 질이 안 좋은 몇몇을 전면으로 내세워서 그들의 이미지를 완전히 망친다.

그러고 나면 그들이 아무리 자기들이 정상이라고 주장해도 누구도 믿어 주지 않는다.

"그래서 대표성이라는 게 중요한 거죠."

중요한 건 피해자들을 찾는 거다.

"그래서 두 번째 조항을 넣은 겁니다."

뜬금없이 가해자들에게 당한 다른 피해자들을 챙기겠다는 조항. 그 부분을 넣은 이유가 그거였다.

"피해자들이 나오면 그들이 어떻게 대응할지 두고 보자고요, 후후후.”

고연미는 가해자들의 주변을 캐면서 피해자들을 찾기 시작했다.

물론 모든 아이들이 다 그런 가해자인 것은 아니었다.

하지만 일부는 확실히, 그런 아이들이 있었다.

“그 애요? 미친년이죠.”

몇몇은 기억난다는 듯 고개를 절레절레 흔들었다.

“자기 마음에 안 들면 선생이고 뭐고 없어요. 제정신이 아니라니까요.”

일부 선생님들은 그 애를 생각하고는 질렸다는 듯 말했다.

“그 정도인가요?”

“막으려고는 하죠. 그런데 막혀야 말이죠.”

뭐라고 하기라도 하면 도리어 부모가 와서 선생님들에게 협박을 해 대는 통에 손을 댈 수가 없다고 했다.

“학교에서도 그냥 놔두고 있어요.”

“그건 학교 폭력 방조 아닌가요?”

고연미의 말에 선생님들은 순간 아차 했다.

새론은 학교 폭력을 전문으로 하는 로펌이라는 사실이 생각난 거다.

'개판이네, 진짜.'

고연미는 노형진이 왜 바닥이 없는 함정에 빠지는 기분이라고 한 건지 알 것 같았다.

뭐 하나 해결하면 또 다른 문제가 나오니까.

"저희는 이번에는 그 일로 온 건 아니에요. 다만 그 피해 아동들에게 상담 치료를 지원하기 위해 온 거예요."

"피해 아동들의 상담 치료요?"

"네, 뉴스 보셨죠? 엘라인에서 이번에 소송하면서 받는 합의금을 지원금으로 내주기로 했어요."

"아……."

"그래서 말인데, 피해 아동을 만날 수 있을까요?"

"그게……."

곤란한 표정이 된 선생은 잠시 고민하더니 뭔가 결심한 듯 조심스럽게 입을 열었다.

"한 명이 아닌데, 괜찮으시겠어요?"

고연미는 고개를 끄덕거렸다.

"얼마든지요."

숫자는 많으면 많을수록 좋았다.

⚖️

그렇게 고연미가 피해자를 모으고 있을 때 노형진은 다른 방식으로 가해자들을 고발했다.

"그러니까 죽였다는 소리를 듣기만 했다?"

"네, 진짜예요!"

"너 지금 장난하니? 사람이 죽는 게 무슨 애들 장난인 줄 알아?"

인터넷에 엘라인이 사람을 죽이고 묻어 버렸다는 헛소문을 퍼트리던 소녀는 진짜 죽을 것 같았다.

"도대체 무슨 생각을 하고 다니는 거냐?"

노형진은 그들을 명예훼손으로 고발하지 않았다.

그 이후의 결과는 뻔하니까.

그 대신에 살인에 대한 사후 방조로 고발을 넣어 버렸다.

"그래서 그 말을 한 게 누구야?"

살인에 대한 사후 방조는 처벌이 엄청나다.

명예훼손과 비교할 수 없을 정도다.

그러니 살인을 했다고 주장하면서도 신고를 하지 않은 그 아이들은 자기가 판 함정에 스스로 빠진 셈이다.

살인을 본 적이 없는데 떠들었으니 명백하게 허위 사실을 유포한 게 되니까.

"잘못했어요, 흑흑흑."

"이게 잘못했다는 말로 끝날 일이냐?"

경찰은 기가 막혔다.

요즘 헛소문을 퍼트리고 다녀도 제대로 처벌을 안 하니까 아주 대놓고 퍼트린다는 이야기는 들었지만, 진짜로 살인을 소재로 그런 짓을 할 줄은 몰랐던 것이다.

"장난삼아서 한 일이에요. 다들 그렇게 떠들기에……."

"장난삼아서? 진짜 철이 너무 없구나. 지금 인터넷을 뒤져서 네가 최초로 언급한 사람이라는 게 증명되었어. 그런데 장난삼아서?"

"죄송해요."

"죄송하다고 끝날 일이 아니야."

듣고 있던 부모는 그런 경찰의 말을 중간에 끊어 버렸다.

"거, 애가 장난삼아서 그럴 수도 있지."

"아버님, 사람 목숨이 달린 일입니다. 사람을 죽였다는 말을 인터넷에 대놓고 쓸 정도라면 이건 장난의 수준을 넘어선 겁니다."

"어린애 아니오? 그런 애들이 뭘 알겠소?"

"어리다고 해도 할 말 못 할 말을 모르면 안 되죠."

"어차피 우리 애가 진짜 살인을 본 것도 아닌데 어쩌겠소?"

"그건 그런데……."

분명 고발은 살인에 대한 사후 방조로 들어왔다.

그런 경우 진짜 살인이 없다면 해당되는 처벌 조항은 없다.

"하아, 알겠습니다. 장난. 네, 장난이란 말이죠."

경찰은 구시렁거리면서 서류를 작성했다.

살인도 없는데 사후 방조로 조사할 수는 없으니 보내는 수밖에 없기 때문이다.

"아이고, 고생하십니다."

그 순간 나타나는 한 남자.

그런 그를 보고 경찰은 떨떠름한 표정이 되었다.

"어쩐 일이십니까?"

"아, 명예훼손 및 허위 사실 유포로 고발을 넣으려고요."

"누구를요?"

노형진은 물끄러미 어린 학생을 바라보았다.

"이 애를요?"

"네. 보아하니 아주 작심하고 거짓말을 한 것 같던데요."

"그건 그런데, 그걸 왜 이제 와서……?"

말을 하던 경찰은 아차 싶었다.

자신이 노형진에게 놀아난 것을 알아차린 것이다.

'치밀한 인간 같으니라고.'

여기서 허위 사실 및 명예훼손으로 고발하면 자신은 대충 처리해서 넘겨 버릴 것이다.

아마 이 아이도 이런저런 거짓말을 하면서 벗어나려고 할 테고.

하지만 살인의 사후 방조범으로 고발한 이상 아이는 그 혐의에 해당되지 않는다는 걸 증명하기 위해서라도 자신이 거짓말을 했다는 걸 인정해야 한다.

그리고 그걸 인정하는 순간 명예훼손 및 허위 사실 유포가 되며 처벌을 피할 수가 없게 된다.

이미 그게 고의적으로 장난삼아서 자기가 떠들었다는 걸 인정한 셈이니까.

"이렇게까지 해야겠습니까?"

경찰은 기가 막혀서 노형진을 바라보았다.

노형진은 물론 당당하게 말했다.

"당연히 이렇게까지 해야겠습니다. 정신이상으로 인해 무슨 헛소리를 할지 어떻게 압니까?"

"정신이상요?"

"정신과 의사 선생님이 망상에 의한 정신이상이 의심된다고 하더군요. 그런데 그 관련 검사나 치료는 거절하셨고요."

노형진은 그 말을 하면서 지그시 학부모와 학생을 바라보았다.

"이대로 뒀다가는 진짜 누구를 푹 찌를지 알 수가 없죠. 학교에서도 이미 피해자가 여럿 나왔던데."

"피해자요?"

"네. 학교에서도 여럿 패고 다녔던데요?"

그 말에 학부모의 얼굴이 시뻘겋게 변하기 시작했다.

모르고 있던 일이니까.

"미친놈은 격리가 답입니다, 형사님."

노형진의 말에 형사는 아무런 말도 하지 못하고 짜증스럽게 새로운 파일 창을 열었다.

그리고 거칠게 말했다.
"이름!"

노형진이 넣은 3천 개가 넘는 고소장.

전이었다면 아마 온갖 욕을 다 먹었을 것이다.

하지만 정신과와 결탁하면서 국민들에게 미심쩍은 느낌을
준 상황에서 튀어나온 여러 피해자들은 모든 분위기가 이쪽
으로 쏠리게 하기에 충분했다.

그런 상황에서 가해자들은 둘 중 하나를 선택해야 했다.

정신과 치료를 받든가 아니면 자신이 괴롭혔던 피해자들
에게 고소당해서 그 아이들의 정신적 치료비까지 내놓든가.

대부분은 자금의 압박 때문에 전자를 선택했지만 모두 전
자를 선택한 건 아니었다.

"우리 애가 정신이상이라니요! 말도 안 되는 소리예요!"

이런 행동을 한 아이들이 부모에게 '이제 이런 미친 짓을
하겠습니다.' 하고 이야기하고 일을 저지를 리가 없다.

당연히 부모들에게는 날벼락이나 다름없었다.

"어머님, 아드님이 한 짓을 보세요."

노형진은 잔인하게 사진을 내밀었다.

"이 안에서 지문이 다 나왔습니다. 살아 있는 고양이의 목

을 잘라서 넣은 거예요."

"아니에요! 우리 애가 한 게 아니에요! 이건 누명이에요!"

"이미 증거가 다 나왔어요. 지문까지 나왔다니까요."

"어디다 대고 거짓말이야!"

고래고래 소리를 지르는 학부모를 보면서 노형진은 혀를 끌끌 찼다.

'그래, 인정하기 싫겠지.'

범죄를 저지른 것도 큰일인데 그것만으로도 부족해서 정신병까지 있다고 하면 아이의 미래가 어떻게 될지 모를 일이다.

그러니 부정하고 싶으리라.

'하지만 부정한다고 정신병이 사라지나.'

그러면 얼마나 좋겠는가?

그러나 부정한다고 해서 병이 사라지는 것은 아니다.

결과적으로 그걸 해결하는 방법은 단 하나뿐이다.

진단받고 치료하는 것.

'이놈은 꼭 해야지.'

이 정도까지 하는 걸 보면 분명 정신이상이다.

과도한 집착과 심각한 증오심.

"내 애는 내가 알아요! 우리 애 멀쩡해요! 그러니까 거짓말하려고 하지 마세요!"

학부모는 딱 잡아떼며 펄펄 뛰지만, 노형진은 결코 동의해 줄 수가 없었다.

'다른 사람이라면 그렇지.'

사실 이미 많은 사람들이 왔다 갔는데 그중에는 정신이상이 아닌, 진짜 생각이 없고 어려서 부화뇌동한 아이들도 있었다.

하지만 합의 조건에는 변동 사항이 없기 때문에 그들은 상담 치료를 받아야 했다.

'그리고 그 꼴을 당하고 그런 헛소리는 안 하겠지.'

진짜로 정신과 상담 이후에 질병이 있다는 결과가 나오면 치료하면 그만이고.

'하지만 이 애는 진짜 제정신이 아닌데.'

고양이 사체를, 그것도 산 채로 잘라서 넣었다.

멀쩡한 인간이라면 아무리 그래도 이럴 수는 없다.

"진짜요? 진짜 아드님에 대해 그렇게 잘 아세요?"

"내 애잖아! 내가 가장 잘 알아!"

소리를 버럭버럭 지르는 애아빠를 보면서 노형진은 다시 한번 혀를 끌끌 찼다.

'잘 알기는 개뿔.'

그게 착각이다.

잘 알지도 못하면서 일단 내 애니까 잘 안다는 착각.

하지만 생각해 보면 요즘 부모는 아이들과 보내는 시간이 친구들보다도, 선생님보다도 적은 판국이다.

"그래요?"

노형진은 그런 그들을 물끄러미 보다가 결국 핵폭탄을 터뜨렸다.

"그러면 아드님이 게이인 건 아십니까?"

"뭐라?"

아버지의 얼굴이 딱딱하게 굳었다.

게이라니? 남자를 좋아하는 동성애자라고?

"뭔 개소리야!"

지금까지와는 다르게 크게 소리 지르는 아버지.

그에 반해 얼굴이 사색이 되는 어머니와 아들.

"생각해 보십시오. 레딕스는 보이 그룹입니다. 물론 남자라고 보이 그룹을 좋아하지 말란 법은 없죠. 하지만 아무리 그래도 이렇게 목을 자른 고양이를 보낼 정도까지 좋아하는 건, 단순히 가수에 대한 애정의 수치를 넘어가는 것 같은데요?"

노형진의 말에 가해 학생의 아빠는 딱딱하게 굳어서 아들을 바라보았다.

"그러면 현 상황이 정리되죠. 게이인데 게이인 걸 말하지 못한 게 정신병으로 발현된 거죠. 착실한 아들이라면서요? 그거 말고 정신병이 발병할 다른 이유가 있습니까?"

"뭔 개소리야! 우리 아들은 게이 아냐!"

"그래요?"

노형진은 이 이야기까지 할 생각이 없었다.

하지만 반성도 하지 않고 치료도 하지 않고 배상할 생각도 하지 않는 자들에게 보여 줄 자비는 없다.

"그러면 한번 물어보세요. 게이인가, 아닌가."

이미 게이인 건 확실하게 알고 있었다.

이미 기억을 읽었으니까.

"아들…… 너 게이 아니지? 그렇지? 네가 그런 더러운 족속은 아니지?"

질문을 보면서 노형진은 혀를 끌끌 찼다.

'저러니 애가 미치지.'

게이라는 게 사실 성적 취향이 다른 것일 뿐, 정신병 취급을 받을 일은 아니다.

하지만 온 집안에서 대놓고 저렇게 혐오감을 보여 주고 있으니 애가 미칠 수밖에 없다.

"아니…… 그게……."

아들은 아무런 말도 하지 못하고 고개를 푹 숙였다.

그러자 아버지는 영혼이 빠져나간 듯한 표정을 지었고, 엄마는 그대로 주저앉았다.

"아이고, 내 아들이 미친놈이라니! 미친놈이라니!"

"아니, 게이는 미친 게 아닌데……."

노형진은 변명을 해 주려다가 말았다.

어차피 자신이 해 줄 수 있는 건 없다.

'그리고 방금 전까지 미친놈입니다, 라고 주장하다가 갑자기 아니라고 할 수도 없고.'

결국 초토화된 가족들을 회의실에 두고 바깥으로 나오는 노형진.

안에서는 세 사람의 난리법석이 벌어지고 있었지만 애써 시선을 돌렸다.

"어때요? 그쪽은 치료할 것 같아요?"

"하겠지요."

노형진은 어깨를 으쓱하며 말했다.

"안 하면 별수 없고."

노형진은 기회를 줄 뿐, 그 이상 뭘 어떻게 해 줄 수 있는 것은 없었다.

"아이고, 노 변호사님!"

그 순간 누군가 다급하게 달려와서 노형진에게 매달렸다.

"아니, 중 사장님. 어쩐 일이십니까?"

중고성의 얼굴은 사색이 되어 있었다.

"제발 살려 주세요!"

"갑자기 저희한테 살려 달라고 하시면 제가 이해를 못 하겠습니다만?"

"지금 저희 팬클럽이 날아가기 직전입니다."

"아, 그래요?"

노형진은 시큰둥하게 대꾸했다.

사실 관심도 없었으니까.

"죄송하네요. 저희가 도와드릴 방법이 없네요."

"제발요. 이러다 저희 다 죽습니다."

"글쎄요. 저희도 최선을 다했습니다만 상황이 이렇게 되어서 방법이 없어요."

엘라인을 공격한 대부분은 중고성이 만든 보이 그룹인 레딕스의 팬클럽 멤버였다.

그건 문제가 안 된다.

문제는 사건의 원인인 멤버들이 처벌받는 게 아니라 팬클럽 자체가 미친놈 취급받는다는 거다.

그렇다 보니 '레딕스 팬클럽=미친놈들 집단=레딕스'라는 방식이 성립되어 버린 것이다.

'그러니까 애초에 처음부터 잘했어야지.'

그들이 애초에 나서서 브레이크를 걸고 더 이상 헛소리하지 못하게 했다면 이런 문제는 생기지 않았을 것이다.

하지만 그는 자신들이 이슈 타는 걸 기회라고 생각해서 상황을 방치했다.

아니, 방치만 한 게 아니라 적극적으로 기자들에게 기사를 내 달라고 요청했다.

'내가 어지간하면 해결해 주겠는데.'

자신이 이득을 챙기기 위해 남의 인생을 시궁창에 처박는 중고성의 행동을 노형진은 용서할 생각이 없었다.

"죄송합니다. 이건 형사적인 부분의 문제가 아니라서요."

"제발 그만해 주십시오!"

미친놈들이 좋아하는 레딕스라는 별명이 붙자 어디서 레딕스 팬이라는 말도 못 하게 되었다.

그랬다가는 진짜 미친놈 취급받으니까.

그렇다 보니 급속도로 인기가 떨어지기 시작한 것이다.

"저희로서는 해 드릴 수 있는 일이 없네요. 최선은 다하고 있습니다만."

노형진은 중고성이 했던 말을 그대로 돌려줬고, 중고성은 잔뜩 울상이 되었다.

자신이 했던 말을 기억하고 있었으니 말이다.

"저는 사건이 많아서 이만."

노형진은 절망적으로 얼굴을 감싸는 중고성을 두고 그곳을 떠났다.

"아이고, 속이 다 시원하네."

"저 사람도 억울하기는 하겠네요."

"그야 그렇겠지요. 그러면 똑같이 억울한 사건이 터졌을 때 같이 해결해 줘야지요."

하지만 그는 해결해 주는 대신에 알량한 이득을 위해 엘라인의 파멸을 방치했다.

"똑같은 겁니다."

노형진은 어깨를 으쓱하면서 움직였다.

"일단 형사소송이 진행되었고 조만간 민사소송도 진행될 겁니다."

일부는 스스로 치료하겠다고 했지만 몇몇은 끝까지 자기 자녀가 정신이상이 아니라고 주장했다.

"물론 정신과 검사를 받아 보면 되겠지만요."

그들은 정식으로 소송을 넣어서 손해배상을 청구할 예정이다.

정신병자인 걸 인정하기 싫다면 결국 돈으로 메꿔야 하지 않겠는가?

"그런데 생각보다 진짜로 정신이상자가 많네요."

처음에는 노형진이 그냥 사건을 해결하기 위해 만들어 낸 말인 줄 알았다.

그런데 조건을 달았기 때문에 어쩔 수 없이 부모들이 상담을 하기 시작하자, 생각보다 정신이상이 많이 나왔다.

"중독의 원인은 애정 결핍 때문입니다."

"네?"

"똑같은 사람을 좋아하는데 누군가는 그 사람에게 집착하고 누군가는 그 사람을 배려하죠. 왜 그럴까요?"

"글쎄요."

"애정 결핍 때문이죠."

이 정도로 문제를 일으킨 일부 사생 팬들의 상당수는 가정 내부가 좋은 편이 아니었다.

그나마 나은 경우가 맞벌이로 인해 힘든 편이었고, 대부분은 소새끼 개새끼를 찾는 최악의 경우였다.

"사람은 현실이 불만족스러우면 그걸 대체할 수 있는 다른 걸 찾지요. 마약이나 술 같은 거요. 그런데 저런 어린애들은 어떻게 해결할까요?"

"무슨 뜻인지 알겠네요."

그런 걸 할 수는 없고, 그렇다고 비행으로 나갈 만한 아이들도 아니다.

"그러면 그걸 대체할 수 있는 다른 환상을 찾습니다."

"그러면 그때 그렇게 극렬한 반응을 보인 건? 진짜 엘라인이 연인으로 보여서일까요?"

그럴 리가 없다.

일단 멤버들이 한두 명도 아닌데 무대 하나 같이 섰다고 해서 연인이 될 리가 없다.

"그들이 무서웠던 건 자신들의 환상이 깨지는 거죠."

그리고 엘라인을 자신들의 환상을 깨는 가장 위험한 요소로 본 것이다.

"그래서 그렇게 공격한 거구요."

"으음……."

노형진의 말에 고연미는 신기한 듯 바라보았다.

"사실 제가 당한 입장에서는 그냥 사생 팬은 미친놈으로만 보였는데요."

"진짜 미친놈도 있겠습니다만……."

누군가를 좋아한다는 게 마냥 나쁜 것은 아니다.

"다만 그 환상에 갇혀서 나오지 못하는 게 문제지요."

노형진은 어깨를 으쓱했다.

"그러면 어떻게 될까요?"

"일단 중요한 건, 사생 팬에 대한 개념이 좀 바뀌었다는 거죠."

게임 중독과는 다르게 사생 팬, 특히 범죄형 사생 팬들은 명백하게 정신 질환자로 분류해야 한다.

게임도 마찬가지다.

하루에 한두 시간 하는 거야 중독이 아니지만 일주일 내내 또는 한 달 내내 하는 건 중독이다.

"지금까지는 사생 팬에 대한 규정이 없었으니 방치되었지만 이제 돈 냄새를 맡았으니 정부에서 대책을 세우려고 하겠지요."

"한때 엔터 종사자였던 입장에서 뭐라고 해야 할지 모르겠네요."

분명 중요한 팬이기는 하지만 동시에 두려움의 대상이기도 했던 사생 팬이다.

"결국 뭐든 적당히가 중요한 겁니다."

노형진은 안에서 들려오는 대성통곡을 들으면서 조용히 말했다.

"그리고 그게 제일 어려운 법이지요."

충성의 대상

　노형진은 변호사다.

　공식적으로는 또한 여러 단체의 대표이자 고문 변호사를
하고 있다.

　그리고 그중에는 상당히 위험하다고 인식되는 곳도 있다.

　'가령 마이스터 같은 곳 말이지.'

　노형진은 사무실에서 좀 떨어진 차에서 손을 떼면서 속으
로 긴 한숨을 내쉬었다.

　'아주 사사건건이구먼.'

　마이스터는 이제 전 세계적인 투자회사가 되었다.

　지난번 전쟁에서 몇 곳을 잡아먹으며 성장했기 때문이다.

　그리고 그게 한국 정부를 자극했다.

'작작 좀 하지?'

자신을 따라다니는 사람들.

그들은 다름 아닌 국정원이었다.

너무 커진 마이스터의 존재. 그 존재가 거슬린 건지, 그들은 요원을 보내서 노형진을 감시하기 시작한 것이다.

'내가 모를 줄 알았나?'

애초에 정보 팀을 운영하는 새론이고 감시에 뛰어난 능력을 가지고 있다.

당연히 정보 팀에서 수상해 보이는 차량을 골라내는 것은 어려운 일이 아니었다.

'국정원이라…….'

수상해 보이는 차량이 건물 주변에 주차하자 노형진은 그들의 존재를 확인하기 위해 차에 접근했다.

그리고 어렵지 않게 기억을 읽어서 그들이 국정원이라는 사실을 확인했다.

"왜 그러십니까?"

함께 온 고문학은 아무런 말도 안 하는 노형진을 보고 고개를 갸웃했다.

차에 손을 올린 채 아무런 말도 안 하고 있으니까.

"아닙니다."

노형진은 고개를 흔들고 강하게 선팅이 된 차 안을 둘러봤다.

그 안에서 어른거리는 그림자.

노형진은 창문을 툭툭 두들겼다.

"문 좀 여시죠."

하지만 마치 사람이 없는 것처럼 대답이 없는 차량.

"문 열고 이야기를 할까요, 아니면 저 막나가는 거 보시겠어요?"

"……."

그러나 여전히 말이 없었다.

'그래, 그러겠지.'

감시 대상이 접근하는데 인사를 받아 줄 요원은 없다.

"경찰에 신고할까요?"

고문학의 말에 노형진이 피식 웃었다.

"그게 먹히겠습니까?"

먹힐 리가 없다.

어차피 신고가 들어가 봐야 이들이 다 무마할 수 있을 테니까.

"이들이 무마하지 못할 곳을 불러야지요."

"그런 곳이 있나요?"

고문학은 눈을 찌푸렸다.

자신이 아는 한 한국에서 국정원이 무마하려고 하면 그걸 막을 수 있는 곳은 없다.

"왜 한국에서만 찾으려고 합니까?"

"네?"

"이들이 절대 건드리지 못할 곳이 있지요."

노형진은 전화기를 들었다.

그리고 대놓고 소리 높여서 통화했다.

"여보세요! 중국 대사관이죠? 여기 새론의 노형진 변호사입니다! 이쪽에 국정원 소속의 블랙 요원이 두 명 있는데 그쪽이랑 면담을 하고 싶어 하는데……!"

그 순간 차에서 번개같이 튀어나온 사람이 노형진의 손에 들린 핸드폰을 빼앗아 통화를 빠르게 끊어 버렸다.

노형진은 그런 그의 손에서 자신의 핸드폰을 재빨리 되찾아왔다.

"무슨 짓입니까?"

"뭐 하는 짓이라니요? 제가 사람도 초청 못 합니까?"

노형진은 실실 웃으며 말했고, 뒤에 있던 고문학은 기가 막힌 얼굴이 되었다.

"그렇다고 중국 대사관을 불러요?"

"그쪽에서 안 나오니 별수 없죠."

노형진에 대한 감시는 엄밀하게 말하면 민간인 사찰이다.

그런 일을 화이트 요원에게 시킬 수는 없다.

결국 소위 말하는 블랙 요원, 그러니까 외부에 드러나지 않은 요원에게 시켜야 한다.

'하지만 그 존재가 드러나면 블랙 요원은 의미가 없지.'

그래서 각국의 정보전에서 큰 비중을 차지하는 게 블랙 요원에 대한 정보 확보다.

"저는 두들겨도 안 나오시기에 인사하고 싶어 하는 줄 알 았죠."

중국 대사관에서 와서 그들을 확인하면 그들은 절대 블랙 요원으로 돌아가지 못한다.

그렇다고 화이트 요원이 될 거라는 보장이 있는 것도 아니다.

'그리고 돈은 어쩔 건데?'

전투기 조종사 한 명을 키우는 데 수억이 들어가는데, 첩 보 요원 한 명 키우는 데에는 과연 얼마나 들어갈까?

당연하게도 국가 입장에서는 블랙 요원 한 명을 잃어버리 면 그만큼 타격이 크다.

"다시 한번 저를 찾아오시면 다음은 러시아나 일본 대사관 직원을 부를 겁니다."

노형진은 진지하게 말했다.

그러자 그 표정을 본 요원들은 눈을 찌푸렸다.

"신분 까기 싫으세요? 그럼 오지 않으시면 됩니다."

온다면 노형진은 그냥 알려 주면 된다.

그 말을 들은 두 요원의 얼굴에는 황당함이 서렸다.

'그래, 이런 대응법은 처음이겠지.'

대한민국의 어떤 조직이든 국정원이라는 조직을 무시할 수는 없다.

당연히 신고를 해도 무마하면 그만이다.

하지만 해외 조직에 국정원 요원의 신분이 드러나면 어떨까?

'자기만 좆되면 다행이지.'

일단 주변 사람들이 감시받기 시작할 것이다.

당연히 그 안에는 가족도 포함된다.

그와 관련된 사람들이 다 의심받을 테고, 그러다 보면 국정원의 다른 요원까지 엮여 들어갈 가능성이 높다.

특히 높은 사람들이 말이다.

그가 일했던 직장이나 다니는 가게 하나, 의심받지 않는 게 없을 테니까.

'그러면 뻔하지.'

그런 경우 운이 좋으면 화이트 요원으로 바꿔 준다.

화이트 요원이 되면 그나마 진짜 다행인 게 국가의 보호권 안에 들어가기 때문이다.

하지만 그렇지 않은 경우, 즉 버려지는 경우는 타국에서 정보를 수집하기 위해 그를 납치하는 경우도 있다.

정보 업계라는 특성상 '나 그만둬서 이제 관련 없습니다.'라는 소리는 아무런 의미가 없다.

"싫으시면 안 오시면 됩니다."

"우리가 국정원 요원인 건 어떻게 알았습니까?"

"지금 국정원 요원인 거 인정하신 거죠?"

"큭."

말장난에 놀아난 국정원 요원은 어이가 없었다.

물론 노형진은 더 어이가 없었다.

'능력 없는 새끼들.'

다른 나라 요원들은 자기가 요원인 걸 알리기는커녕 고문을 당해도 모른다고 한다.

그런데 자기 정체가 들킨 걸 인정하면서 따지고 들다니.

'세상 너무 편하게 사네, 이것들. 멀쩡한 요원은 아니군.'

이런 요원들의 특징이 있다.

바로 블랙 요원이라고 하지만 제대로 된 작전이나 위험한 작전에는 동원되지 않고 한국 내부에서 안전이 보장된 작전만 한다는 것.

'그리고 그 말은 중심 라인이라는 거지.'

그러니 자신의 신분을 감추려고 노력도 하지 않는다.

그리고 그런 작전들이라는 것은……

'결국 민간인 사찰이라 이거지.'

노형진은 긴 한숨을 내쉬더니 갑자기 기습적으로 핸드폰을 들어서 그 둘의 사진을 찍었다.

"김치, 스마일. 신고는 내가 가서 해도 신고죠."

"아니, 이 인간이!"

어이가 없어서 핸드폰을 빼앗으려고 다가오는 두 사람.

하지만 고문학이 그 둘 앞을 가로막았다.

노형진은 잽싸게 뒤로 물러나서는 피식피식 웃었다.

"어디 보자, 명색이 국정원이니 CCTV 사각 정도는 확인했을 테고, 이쯤 되면 사각 바깥인데 여기로 오실 건가요?"

"큭."

노형진의 말대로 그들은 다가오지 못했다.

핸드폰 카메라의 사진이 문제가 아니다.

CCTV에 찍히면 그걸 지우는 건 전혀 다른 문제가 된다.

기업에 요청해야 하는데, 그럼 자신들이 새론을 감시했다는 걸 인정해야 한다.

"안 그래도 요즘 민간인 사찰 사건으로 아주 떠들썩하던데 한번 해 보시죠?"

"당신 진짜. 애국심도 없습니까?"

노형진은 어떤 요원이 애국심 타령을 하자 피식하고 비웃음을 날렸다.

"애국심? 어이, 거기 양반. 뭐 하나 물어봅시다."

"뭐요?"

"애국심을 챙겨서 국가에서 이득을 보장해 준 경우가 있으면 하나만 이야기해 봐요."

"그……."

국정원 요원은 아무런 말도 못 했다.

'그렇겠지. 없으니까.'

입으로는 애국심을 주장하지만 한국에서 애국심을 가지고 일했을 때 뭔가를 보전해 주는 경우는 없다.

심지어 애국심으로 일하다가 손해를 봐도 그걸 메꿔 주지 않는다.

"하지만 군대에 곰팡이 핀 빵을 배급하거나 군 비리를 저지르면 국방 장관까지 나서서 생계형 비리라고 실드 쳐 주지, 안 그래요?"

"······."

"그래서 내가 애국심을 챙기면 국정원에서 뭘 준답니까?"

"······."

"그럴 거면 절 찾아오라고 하세요. 뭐든 기브 앤드 테이크입니다. 두둑하게 챙겨 주시기만 하면 내가 최선을 다해서 애국심을 발휘해 볼 테니까."

"······."

"딱 일주일 드립니다. 안 그러면 제가 중국 대사관에 찾아가는 걸 보게 될 겁니다."

쉽게 말해서 일주일 안에 사과하지 않으면 두 사람의 신분을 까발리겠다는 말이다.

"잘 생각하세요. 일주일입니다."

두 사람의 표정이 썩어 들어가기 시작했다.

⚖

일주일. 길다면 길고 짧다면 짧은 시간.

일단 한번 사과하면 국정원 입장에서는 아무래도 감시가

곤란해진다.

노형진은 피곤하고 싶지 않았기 때문에 최후통첩을 날렸고, 결국 국정원에서 찾아왔다.

"국정원 1과의 구정수 과장입니다."

정중하게 인사하는 남자.

물론 신분 때문에 감시 카메라를 꺼 달라고 부탁하기는 했지만 일단 찾아오기는 했다.

"1과요?"

"제 휘하의 요원들이 큰 실수를 했습니다. 아무쪼록 애국심에 한 실수라 생각하시고……."

노형진은 쓴웃음이 나왔다.

'아주 썩어 빠졌구먼.'

국정원 1과 과장이 사과하러 왔다.

물론 노형진이 요구했으니 그들은 충분히 그에 답한 것이다.

한 가지만 빼고 말이다.

'저 사람 부하가 아니란 말이지.'

국정원은 비밀 조직이고 옆 부서가 뭘 하는지도 모른다.

심지어 같은 소속 요원도 다른 요원이 뭐 하는지 모른다.

그런데 그 당시 노형진이 읽어 낸 기억에서 그 두 요원은 국정원 3과 소속이었다.

그런데 뜬금없이 국정원 1과 과장이 온다.

'엿 좀 먹여야겠군.'

노형진은 그를 보면서 차갑게 말했다.

"왜 3과의 실수를 1과에서 사과합니까?"

얼굴이 딱딱하게 굳는 남자.

"네?"

"이미 알아봤습니다. 3과의 실수를 1과에서 사과하는 이유가 뭡니까? 뭐, 3과 과장은 목에 깁스라도 했답니까?"

"흠⋯⋯."

구정수는 갑자기 말이 없어졌다.

그럴 수밖에 없다.

사진을 찍었다 해서 그들이 어디 소속인지 알아낼 방법은 없다.

그런데도 안다는 것은 정보가 새어 나갔다는 것.

'그 말은 그 두 사람이 블랙 요원으로서 가치가 없어졌다는 거지.'

그들은 어쩔 수 없이 해직 통보를 받을 것이다.

"오해가 있으신가 본데⋯⋯."

"오해는 무슨 오해요? 아, 당신이 버리는 패라는 걸 모를 거라는 오해?"

구정수의 눈썹이 살짝 흔들렸다.

'뻔한 거 아냐?'

자기 과도 아닌 남의 과의 죄를 대신 사죄하기 위해 찾아왔다는 것.

그건 그들의 죄를 그가 뒤집어쓰지 않으면 불가능한 일이다.

보안성이 생명인 국정원에서 그 정도 취급을 받는다면 뻔한 거다.

"날 물로 보지 마세요."

"크흠……."

구정수의 눈빛이 격하게 흔들렸다.

"저기, 그들의 소속에 관한 건 어떻게 아신 겁니까?"

"기밀입니다만?"

아마 그가 돌아가고 나면 국정원에서는 피바람이 불 것이다.

그들이 보기에는 내부에서 누군가 흘린 것 말고는 노형진이 그들의 소속을 알아낼 방법이 없으니까.

'이러면 날 감시하기 힘들어지지.'

정보를 빼내서 통지할 수 있다는 것.

그 말은 정보를 빼내서 팔 수도 있다는 말이다.

"내가 애국심은 없는 사람이지만 그래도 국민의 도리는 아는 사람입니다. 하지만 날 건드리면 막나가는 수가 있어요."

"죄송합니다."

다른 사람이라면 어디서 정보를 얻었느냐고 족치기 시작하겠지만 구정수는 어쩔 수 없다는 듯 사과했다.

그럴 수밖에 없는 게, 그들도 노형진이 CIA와 친밀하다는 걸 안다.

그러니 만일 그를 건드리면 그들이 가만히 있지 않을 테고,

마이스터의 경우 한국 경제를 박살 내겠다고 덤빌 테니까.

"조용히 살고 싶습니다. 무슨 뜻인지 아셨지요?"

"네, 알겠습니다."

구정수는 조심스럽게 고개를 끄덕거렸다.

그의 눈빛에는 분노가 차 있었지만 노형진은 그걸 보고도 가뿐하게 무시했다.

'네가 어쩔 건데?'

노형진은 가볍게 생각했다.

하지만 그 분노가 그가 아닌 다른 대상을 향한 거라는 걸 그때는 몰랐기에, 그로 인해 자신이 어떤 사건에 던져질지도 전혀 예상하지 못했다.

그 후로 노형진에 대한 감시는 완전히 사라졌다.

건드려 봐야 벌집밖에 안 될 노형진을 누구도 건드릴 생각을 하지 않았으니까.

사건은 몇 달이 지나고 나서야 벌어졌다.

"어디 보자, 오늘 사건이……."

노형진은 법원에서 사건 서류를 정리했다.

출석할 사건은 끝났고 이제 남은 건 없었다.

"오늘은 이쯤에서 퇴근하자. 이게 얼마 만의 칼퇴야? 와,

진짜 일 좀 작작 하든가 해야지."

그러면서 노형진이 차에 시동을 거는 그 순간 누군가 문을 두들겼다.

무심결에 고개를 돌린 노형진은 기겁했다.

그럴 수밖에 없는 게 창문에 피가 묻어 있는 게 보였으니까.

"아니, 이게 무슨……?"

"노 변호사님…… 도움이 필요합니다."

"당신은?"

깜짝 놀라서 차에서 내린 노형진은 배를 부여잡고 있는 사람을 보고 눈을 크게 떴다.

"구정수 과장님? 어떻게 된 겁니까?"

자신을 찾아왔던 국정원의 구정수 1과장이었다.

그는 배를 부여잡고 헉헉거리고 있었다.

"도움이 필요합니다……. 저를 여기서 좀 데리고 나가 주실 수 있겠습니까?"

"당장 구급차를 부르겠습니다."

"구급차는 안 됩니다. 경찰도 안 됩니다. 절대 누구도 믿어서는…… 끄르륵."

거기까지 말한 구정수 과장은 결국 옆으로 쓰러졌다.

"이런."

노형진은 서둘러서 주변을 둘러봤다.

다행히 지하 주차장에는 아무도 없었다.

'CCTV도 사각이고.'

노형진은 그를 내려다봤다.

그를 신고해야 한다. 그러지 않으면…….

'니미 씨발.'

그의 배에 나 있는 상처는 총상이었다.

총기 소지 금지국에서 총기 사고는 엄청 큰일이다.

그것도 국정원 요원이 당한 거라면 말이다.

'하지만…….'

노형진의 머리는 빠르게 돌아갔다.

만일 다른 범죄 조직이나 테러 단체에 당한 거라면 구정수는 누구도 믿지 말라는 말은 하지 않았을 것이다.

그러면 남은 것은 단 하나, 바로 내부의 적.

'염병. 무슨 영화 찍나?'

노형진은 눈을 찌푸렸다.

하지만 어찌 되었건 상황은 심각하다.

그를 쏜 사람이 누군지는 알 수 없지만 내부의 적이라면 그와 접촉한 이상 노형진도 가만두지는 않을 테니까.

아군에게 총질하는 놈이 거리낄 게 뭐가 있겠는가?

'니미 씨발.'

노형진은 재빨리 그를 뒷좌석으로 밀어 넣었다.

그리고 차에 묻어 있는 피를 닦아 내고는 차를 몰고 유유히 바깥으로 나갔다.

다행히 입구에 경비를 서는 사람이 있지만 나가는 차를 신경 쓰지는 않았다.

'일단 나오기는 했는데.'

문제는 상처다.

총에 맞아서 피를 흘리고 있는데 병원에 데리고 갈 수는 없다.

한국에서는 총에 맞으면 의무 신고 대상이다.

그러면 그를 빼내 온 의미가 없다.

'그러면…….'

이런 일이 있을 때 처리할 만한 의사를 아는 단 한 사람을, 노형진은 알고 있었다.

노형진은 재빨리 전화기를 들었다.

"한만우 씨? 저 노형진입니다. 도움이 필요합니다."

⚖

"으으……."

구정수는 조금씩 정신이 돌아왔다.

그는 흐릿한 정신 속에서 걸려 있는 링거를 보자 정신이 번쩍 들었다.

"여기서 나가야…… 큭."

링거를 맞고 있다는 것. 그건 병원에 왔다는 소리다.

절대로 가만있을 수는 없는 노릇이기에 몸을 일으키던 그는 배에서 느껴지는 고통에 움찔했다.

"아직 움직이면 안 됩니다. 배에서 총알을 빼냈지만 상처가 나으려면 두 달은 걸릴 겁니다."

그런데 의외로 그런 그를 진정시킨 것은 하얀 간호사복을 입은 여자가 아니라 시커먼 옷을 입은 남자였다.

"당신은?"

"병원은 아니니 걱정하지 마십시오. 형님에게 연락하겠습니다."

"형님?"

그제야 구정수는 주변을 둘러봤다.

하얀 병실의 벽 대신에 완전히 막혀 있는 회색의 콘크리트가 보였다.

"여기는?"

"아, 전에 우리 조직에서 쓰던 아지트입니다. 아는 사람은 없으니 걱정하지 마십시오."

"형님이라는 사람은?"

"금방 오실 겁니다."

남자는 어디론가 전화했고 구정수는 탈출할까 하다가 결국 포기했다.

아무리 몸이 개떡 같아도 남자 하나 제압하지 못할 정도는 아니지만 바깥에 얼마나 더 있는지도 모르고, 설사 탈출한다고 해도 그의 적이 바깥에 그득하기 때문이다.

'그나마 다행인가?'

이런 시설을 가지고 있고 형님이라고 하는 사람이 있다면 조폭 말고는 생각할 수 없는데, 조폭이 자신을 갖다 바칠 것 같지는 않았다.

얼마 지나지 않아서 문이 열리면서 두 사람이 들어왔다.

"괜찮습니까?"

"어? 노 변호사님? 여기를 어떻게?"

"음? 이 사람, 기억 못 하는 건가?"

한만우는 고개를 갸웃했다.

노형진은 그런 그를 보며 고개를 끄덕거렸다.

"상황이 급했으니까요. 움직이지 마세요. 아음속 총알이라서 사신 겁니다. 일반 총알이었으면 죽었을 거랍니다."

"네? 아아…… 이제 기억납니다."

도망쳐 들어간 곳은 다름 아닌 법원이었다.

법원 내부에는 경호 병력이 많기에 거기서 총질을 하지는 않을 거라 생각했기 때문이다.

그리고 그곳에서 노형진을 보고 정신이 없는 와중에 도움을 요청했던 것이 기억났다.

"감사합니다. 덕분에 살았습니다."

"도대체 무슨 일이 있었던 겁니까?"

"그건……."

"제대로 말씀해 주십시오. 안 그러면 그대로 들어서 기자들에게 모시고 갈 겁니다. 아음속 총알이라는 게 무슨 뜻인지 모를 것 같습니까?"

아음속 총알은 기존의 총알과는 다르다.

모양이 다른 게 아니라 들어가는 화약의 양이 좀 적은 편이다.

"소음기가 달린 권총에 맞은 건데, 한국에서 그런 걸 가진 조직이 얼마나 될 것 같습니까?"

영화에서 보면 권총에 소음기를 달아서 쏘는 장면이 나오는데 사실 그건 픽션이다.

소음기가 없는 게 아니라 소음기를 써도 줄일 수 있는 소리에는 한계가 있기 때문에 아예 소리를 확 줄이려면 아음속 총알을 써야 한다.

그럴 수밖에 없는 게, 소리는 총알 내부에서 화약이 터지고 탄두를 쏠 때도 나지만 그게 바깥으로 튀어 나가면서 음속을 돌파할 때 더 크게 나기 때문이다.

실제로 전투기가 음속을 돌파하는 순간을 보면 '쾅!' 하고 소리가 난다.

당연히 화약이 덜 들어가서 느리기 때문에 총알의 위력도 약하지만 근거리에서는 충분한 살상력을 가지고 있다.

"하지만 근거리에서 맞은 건 아닌 것 같더군요. 보아하니 멀리서 다급하게 쏜 것 같던데요."

그게 천운이었다.

다급하게 멀리서 쏘는 바람에 위력이 부족해서 구정수를 한 번에 무력화시키지 못한 것이다.

"끄응…… 그런 것도 아십니까?"

"제가 경험이 좀 있습니다."

당연히 총알이 들어가는 입구도 훨씬 작다.

그래서 아음속 총알인지 알아볼 수 있는 거다.

"끄응……."

구정수는 신음을 내면서 다시 침대에 누웠다.

"이건 비밀입니다."

"내부 문제군요."

"내부에서 정보를 얻으신 겁니까?"

"아군한테 총질을, 그것도 비밀리에 아음속 총알까지 써서 해 댈 조직이 어디 있습니까?"

"끄응……."

구정수는 신음을 흘렸다.

다급한 마음에 매달렸는데 생각보다 노형진이 잘 알기 때문이다.

"물론 말씀 안 하셔도 됩니다. 하지만 국정원의 타깃이 되었다면 몸이 성하기는 힘들 텐데요?"

긴 한숨을 내쉬는 구정수.

틀린 말은 아니니까.

자신만이 문제가 아니다. 가족들도 문제다.

"어떻게 된 겁니까?"

"노 변호사님이 하신 말씀이 걸려서요."

"제가요?"

"네. 그때 저희한테 정보를 캐낼 라인이 있는 것처럼 말씀하셨잖습니까?"

"그건 그렇지요."

그래야 자신을 만만하게 보지 못하고 감시를 못 하니까.

"그래서 제가 내부에 대해 비밀리에 조사했습니다."

"네?"

이건 또 무슨 말이란 말인가?

"노 변호사님이 정보를 얻는 게 확실하다면, 내부에 스파이가 있는 셈이니까요."

그건 예상했던 일이다.

그런데 문제는, 그다음이 예상하지 못했던 방향으로 흘러가기 시작했다는 것이다.

"그러다가 꼬리를 잡았습니다."

노형진은 그냥 엿 먹어 보라고 한 말이었지만 국정원 내부에 실제로 그런 조직이 있었다.

그냥 이만저만한 조직도 아니고 내부의 극비 정보를 외국의 스파이 조직에 팔아넘기는 자들이 있었던 것이다.

"그 상부가 누군지 모르겠습니다. 그래서 그걸 알아내려고 추적하다가 그만⋯⋯."

'염병. 이건 뭐.'

노형진은 그냥 경각심을 주기 위해 한 말이었는데 말 한마디가 말 그대로 평지풍파를 만들어 낸 셈이었다.

'나비효과도 아니고.'

대충 그다음 상황이 그려졌다.

그는 그들이 누구인지 알아내기 위해 파고들기 시작했을 테고, 그러다 진짜 정보를 파는 자를 찾아냈을 것이다.

'그리고 꼴을 보아하니 규모가 상당했겠군.'

더 중요한 건 위쪽에서 개입했다는 거다.

아군에게 총질을, 일선 조직원이 마음대로 할 수는 없을 테니까.

'그 말은 아주 높은 누군가가 관련되어 있다는 거지.'

노형진은 저절로 한숨이 나왔다.

"누군지는 모릅니까?"

"모릅니다. 아직은요."

'아직은'이라는 말.

즉, 예상은 한다는 말이다. 하지만 말하지 못하겠다는 뜻.

"끄응⋯⋯."

참으로 큰일이 된 상황.

노형진은 머리를 긁적거렸다.

생각지도 못하게 일이 커지고 있었다.

"그런데 왜 노 변호사에게는 말하는 거요?"

조용히 듣고 있던 한만우는 지금까지 들고 있던 담배를 털어 내며 말했다.

"당신 말이 맞는다면 노 변호사님도 정보를 캐낸 건데?"

"노 변호사님이 하신 말이 있지요. 애국심은 없지만 국민의 도리는 지킨다. 최소한 적성국으로 자료를 넘길 분은 아니라고 생각했습니다. 실제로 그런 정보는 없었고요."

"그러면 다른 사람들은?"

"여러 요원들이 실종되었습니다. 특히 중국 쪽에서요."

"당신은 누군가가 그들의 신분을 팔았다고 생각하는군요."

사고로 죽은 거라면 시신이라도 나와야 하는데 시신도 없다. 그렇다면 잡혀갔을 가능성이 크다.

'요원을 잡아간다라……'

즉, 그들의 신분에 대해 잘 알고 있다는 소리다.

그 말은 누군가 그들의 정보를 팔았다는 소리와 일맥상통한다.

"염병."

노형진의 입에서 저절로 욕이 나올 수밖에 없었다.

"그래서 나한테 도움을 청하러 온 겁니까?"

"우연입니다."

완전히 핀치에 몰린 상황에서 노형진이 보이자, 구정수는 어쩔 수 없이 그에게 도움을 요청했던 것이다.

'끄응.'

노형진은 그런 그를 보면서 입맛을 다셨다.

아무래도 곤란한 일에 끼어든 것 같은 기분이 들었기 때문이다.

"쉬고 계십시오."

노형진은 구정수를 두고 한만우와 함께 바깥으로 나갔다.

"어떻게 생각하십니까?"

"내부에 배신자가 있는 경우는 흔하지."

한만우는 담배를 꼬나물면서 말했다.

"어떻게 할 생각인가? 손 씻었지만 원한다면 정리해 주지."

죽여 주겠다는 말.

구정수가 죽으면 모든 것은 덮인다.

하지만 노형진은 고개를 흔들었다.

"국정원입니다."

순간적으로 자신을 놓칠 수는 있겠지만 언젠가는 추적해 낼 것이다.

그리고 구정수가 자신에게 도움을 청한 것을 안 이상 그냥 넘어갈 리는 없고.

"본의 아니게 호랑이 등에 올라탄 꼴이 되어 버렸네요."

"노린 걸 수도 있고."

"그건 아닌 것 같지만요."

총에 맞아서 목숨이 오락가락하는 와중에 그런 것까지 노

이것이 법이다

렸을 것 같지는 않았다.

"자네에게 함정을 판 건?"

즉, 접근하기 위해 총에 맞았을 가능성을 말하는 것이다.

그 말에도 노형진은 고개를 흔들었다.

'그럴 수는 없지.'

가벼운 문제가 아니기에 노형진은 구정수의 기억을 읽었다.

그리고 그게 사실이라는 부분을 확인했다.

"더군다나 저한테는 말하지 않았지만……."

"않았지만?"

"아주 고위직이 관련된 것 같습니다."

"아주 고위직?"

"네, 아주 고위직요."

말을 하다 보니 저절로 눈이 찡그러졌다.

"그에 대해 좀 알아봐야 할 것 같습니다."

⚖

"국정원장 말인가?"

"네. 좀 아십니까?"

국정원장, 그에 대한 의심을 구정수의 기억에서 읽었을 때 노형진은 소름이 돋았다.

국정원을 이끄는 자. 모든 비밀을 아는 자.

'그리고 모든 것을 다 조종하는 자.'

그런데 정작 그 국정원장은 대부분 정권의 낙하산이다.

어찌 보면 당연한 거다. 자신의 심복을 넣을 수밖에 없는 자리니까.

"흠, 국정원장이라……. 그는 왜?"

송정한은 턱을 문지르면서 생각에 빠졌다.

그가 정치인이 된 후에 국정원과 연관될 일은 별로 없었기 때문이다.

"주변의 평 정도만이라도 좋습니다."

"무슨 일인지 모르겠지만 일단 송병두는 충성파로 분류되네."

"충성파요?"

노형진은 고개를 갸웃했다.

기억 속의 국정원장은 충성파로는 보이지 않았으니까.

"다만 그 충성의 대상이 문제야. 결코 국가는 아니거든."

"아아……."

국정원이나 군대 그리고 여러 조직의 충성의 대상은 개인이나 단체가 아니라 국가와 국민이어야 한다.

"하지만 그렇지 않은 게 현실이지."

"아주 골수 충성파인 모양이군요."

"아주 골수로 분류되지."

현 대통령은 현 여당인 민주수호당에 속해 있던 자유신민당의 스파이로, 그곳 소속으로 대통령이 된 후에 당을 배신하고 자유신민당으로 넘어갔다.

"그러니 진짜 믿을 만한 사람만 이용하려고 하는 성향이 있지. 그리고 송병두는 그 핵심 중 한 명이고."

"그에 관한 내부의 평가는요?"

"우리 당 내부에서는 청산 1순위로 보고 있네."

"그 정도입니까?"

"골수파라니까."

자유신민당을 위해서는 나라도 팔아먹을 수 있는 놈이라는 게 그들의 평가다.

'하긴, 당연한 건가?'

국정원장의 자리에 있다면 여러 정치인들의 비밀을 접할 수 있다.

그걸 이용해 먹으려고 한다면 위험한 인간이 될 수밖에 없다.

"그가 한국을 배신할 가능성에 대해서는요?"

"무슨 일이 있는 건가?"

노형진은 정치에 관해서는 거리를 두려고 하는 성향이 강하다.

그런데 한 사람에 대해 집요하게 묻는 게 송정한은 의심스러웠다.

"좀 위험한 일입니다. 자세하게 말할 수는 없습니다."

"으음······."

턱을 문지르며 생각에 잠기는 송정한.

하지만 생각은 짧았다.

"충분하지. 할아버지가 원래 친일파 중 한 명이었거든."

"그래요?"

"그래, 제법 유명한 친일파였어. 그리고 재산을 제법 많이 빼앗겼거든."

"재산을 많이 빼앗겼다고요?"

"그래, 친일파 재산 환수법 알지 않나?"

"친일 반민족 행위자 재산의 국가 귀속에 관한 특별법 말씀이시군요."

말 그대로 친일 반민족 행위자의 재산을 국가에서 빼앗아 오는 법이다.

그 땅을 되찾아오기 위해 노력한 결과 만들어진 법이고 그 법으로 많은 땅을 되찾아올 수 있었다.

"그래, 송병두가 그 법 때문에 재산을 많이 빼앗겼지."

"얼마나요?"

"못해도 1,800억 이상이지 싶은데?"

"헐."

친일 반민족 행위자 재산의 국가 귀속에 관한 특별법.

보통 친일파 재산 환수법의 경우 절대적인 법령은 아니다.

아쉽게도 여러 가지 문제가 있는데 그중 하나가 이미 제삼자에게 넘어간 경우, 그러니까 이미 팔아먹은 경우는 어떻게 할 수가 없다는 거다.

즉, 그 말은 해방되고 이미 수십 년이 지났음에도 불구하고 지금까지 가지고 있던 땅이 1,800억이 넘는다는 소리다.

"그렇다 보니 한국에 좋은 감정을 가지고 있지는 않을 거야."

"어떻게 그런 인간이 국정원장을 합니까?"

"재산을 환수하라고 되어 했지 국가직 진출을 막으라고 되어 있지는 않으니까."

"끄응."

그리고 국정원장은 선출직도 아니다.

당연히 대통령이 내려보내면 그만이다.

막고 싶어도 자유신민당이 다수인 만큼 어떻게 할 수 있는 것도 아니고 말이다.

'어떻게 해서든 되찾아오고 싶은 게 인간이겠지.'

그렇지만 아무리 그렇다고 해도 1,800억이나 되는 국가의 예산을 빼돌릴 수는 없다.

하지만 빼돌려도 문제가 안 되는 것들이 있다.

가령 정보라든가.

'그런 거라면 안 걸리지.'

하물며 그가 그런 걸 감시하는 국정원장의 직에 있다면 그게 걸릴 이유는 없다.

"일단 믿을 만한 놈은 아닐세. 전형적인 정치인이고 권력 지향가이니까."

"무슨 뜻인지 알겠습니다."

노형진은 눈을 찌푸리며 말했다.

"아무래도 사람을 좀 쳐 내야 할 것 같네요."

입에서는 연신 긴 한숨만 나왔다.

애국 같은 소리 하고 자빠졌네

'역시나.'

노형진은 자신을 따라오는 차를 보면서 혀를 끌끌 찼다.

아니나 다를까, 자신에 대한 감시가 심해졌다. 만일 사이코메트리가 없었다면 누구도 알아채지 못했을 것이다.

"아무래도 곤란해진 모양인데."

노형진은 힐끔 백미러를 보면서 중얼거렸다.

갑자기 사라진 구정수.

그런 그를 도와줄 사람을 그날 출석한 사람 중에서 찾아봤을 테고, 자신을 특정하는 게 그다지 어려운 일은 아니었을 것이다.

'어쩐다?'

이런 식으로 꼬리를 달고 다니는 것은 노형진에게 절대 반가운 일이 아니다.

그렇다고 뒤흔들자니, 아무리 그래도 국정원에 대놓고 반기를 들기에는 꺼림칙한 게 많다.

필요하다면 은밀하게 암살도 하는 놈들이 그들이 아닌가?

'당분간은 재판은 글렀군.'

이런 식이면 재판도 무리다.

국정원에서 재판관들에게 자료를 내놓으라고 할 게 뻔한데 재판관들은 그들의 눈치를 볼 테니 당연히 노형진이 재판에서 지게 될 테니까.

'지는 거야 무섭지 않은데.'

승률이 중요하기는 하지만 그게 무서워서 쉬운 사건만 하는 노형진이 아니니 문제가 될 것은 없다.

문제가 되는 건 그로 인해 도리어 의뢰인들이 피해를 입는다는 거다.

'아예 한국을 뜰 수도 없고.'

한국 바깥으로 나간다고 한들 다른 요원을 보내면 그만이다.

그러나 노형진은 부패한 자들 때문에 한국을 떠날 생각은 눈곱만큼도 없었다.

'국정원장이라……. 결국 이렇게 되는 건가? 회귀 전에 악연은 끝났을 거라 생각했는데.'

노형진은 긴 한숨을 내쉬고는 바로 전화기를 들었다. 마음

먹은 이상 주저해 봐야 저들에게 대응할 수 있는 시간을 주게 될 뿐이니까.

그러니 그들의 의심이 확신으로 바뀌기 전에 그가 먼저 움직일 생각이었다.

"바쁘냐?"

―사장님, 충성 충성.

"신났네. 지금 어디야?"

―몰디브야. 왜?

손채림은 노형진에게 느긋하게 말했다.

그녀는 노형진을 대신해서 아스가르드를 운영한다.

전 세계 정치인들과 경제인들을 데리고 하늘에서 파티를 즐기는 아스가르드는 현재 세계 정재계에서 가장 관심을 가지는 곳 중 하나다.

"자리 하나 만들어 봐."

―누구 보내려고?

"중요한 손님을 태우려고. 나도 좀 타고."

―그건 그렇지. 순번으로 치면 그렇지. 그런데 중요한 손님이 누군데? 원하는 탑승자라도 있어?

"국정원장."

노형진의 말에 손채림은 침묵을 지켰다.

한참이 지나고 나서야 손채림은 조심스럽게 입을 열었다.

―또 뭔 일을 거국적으로 치려고 하는데?

"비밀이야. 자리는 만들 수 있지?"

─그거야 어렵지 않지. 그런데 단순히 자리만 만들려고 하는 건 아닌 것 같은데?

노형진은 씩 웃었다.

역시 손채림이 그에 대해 잘 이해한다.

그래서 말을 안 해도 척하면 착 알고 이야기한다.

"중국 쪽 투자자들을 모집할 수 있어?"

─중국?

"그래, 그쪽 투자자들을 데리고 한번 해 보고 싶은데."

─오케이. 시간은?

손채림은 바로 승낙을 했다.

사실 중국이라고 무시할 것은 아니다.

중국이야말로 세계의 공장이라 불리고 있으니까.

"금방 알려 줄게."

노형진은 그렇게 말하면서 힐끔 백미러를 보았다.

여전히 그를 따라오는 차.

노형진은 그걸 확인하고는 차를 끌고 조용한 곳으로 향했다.

그리고 코너를 돌아서 차를 세우고 그 자리에 서 있었다.

일방통행이었기 때문에 코너를 돌아서 들어오는 순간 그들은 멈출 수밖에 없었다.

"그만 좀 따라오죠."

노형진은 차에서 나와서 국정원 요원의 차로 다가가 유리

창을 톡톡 두들겼다.

"뭡니까?"

신경질적으로 창문을 내리는 요원.

노형진은 그런 그를 보고 씩 웃으며 말했다.

"그때는 '뭡니까?'가 아니라 왜 길을 막느냐고 따져야지요. 일방통행인데."

요원은 아차 싶어서 눈만 데굴데굴 굴렸다.

"간단하게 이야기합시다. 왜 따라다니는지 모르겠지만 적당히 화해합시다."

"뭐요?"

"나도 국정원이랑 척지고 한국에서 살고 싶진 않으니까."

노형진은 어깨를 으쓱했다.

구정수 문제는 전혀 모르는 것처럼 보이는 행동.

"내가 자리를 마련해 줄 테니까 만나서 이야기 좀 해 봐요."

"자리라니요?"

"아스가르드. 조만간 중국 사업가들과의 비행이 예정되어 있습니다. 그쪽에 인맥 좀 터 줄 테니까 적당히 좀 괴롭히고 그만 따라다녀요."

"아니, 우리가 뭘 했다고……."

"뻔한 거 아닙니까? 뭐 하나 떡고물이라도 떨어질까 하고 따라다니는 거 아닙니까? 내가 그 떡고물 줄 테니까 제발 그만 좀 따라다니라고요."

노형진은 딱 모르는 것처럼 말했다.

실제로도 노형진을 그런 목적으로 따라다니는 건 사실이기에 요원은 아무런 말도 못 했다.

"국정원장님이 날짜를 정해 주면 자리 좀 마련할 테니까 그만합시다. 무슨 뜻인지 아시죠?"

"난 모르는 일입니다."

"그래요? 그러면 내가 그쪽에서 거절했다고 이야기하고 국정원으로 정식으로 초대장을 보내면 되는 거죠? 그런데 그러면 그거 공식 행사가 되는 거 아시죠?"

두 사람의 눈이 격하게 떨렸다.

공식 행사에서 국정원장이 외국 사업가들을 만나고 다니는 건 결코 보기 좋은 모습이 아니다.

"거절을 하든 말든 그건 국정원장이 결정할 테니까 말이나 전해 줘요. 거절하면 그걸로 그만이니까."

노형진은 어깨를 으쓱하고 차로 가서 다시금 시동을 걸고 출발했다.

그리고 따라오지 않는 차를 보면서 씩 웃었다.

"과연 얼마 만에 대답이 올까, 후후후."

⚖

얼마 후 아스가르드는 한국으로 돌아왔다.

그리고 바로 정비를 마치고 비행을 준비했다.

공항에서 노형진을 맞이해 준 사람은 다름 아닌 기모노를 입은 손채림이었다.

"어때, 어울려?"

"웬 기모노야? 중국 사람들이라고 하지 않았어?"

"그래서 기모노를 입은 거야."

"아니, 왜?"

"사이가 안 좋잖아."

중국은 한국처럼 일본에 수탈당한 경험이 있는 나라다.

"그래서 그런지 일본 여자들이 기모노를 입고 접대하면 자기들이 승리했다고 생각하는 것 같더라고."

"얼씨구? 그럼 일본 사업가는 뭐 치파오냐?"

"아니. 일본 사업가들은 그 문화적 우월성이 심해서 말이지, 또 그 애들도 기모노를 선호해요."

"그런 것치고는 기모노가 좀 낡은 것 같은데, 설마 미국 놈들도?"

"미국이랑 유럽은 일본 문화에 대한 환상이 있잖아. 그쪽도 먹히지. 결론은, 일단 남자라면 다 먹혀."

노형진은 머리를 절레절레 흔들었다.

"이러다가 코스프레 하겠네."

"그건 몇 번 써먹었어. 그건 미국 쪽 애들이 좋아하지. 역시 덕 중의 덕은 양덕이야."

"잘한다, 그래."

노형진은 어깨를 으쓱했다.

"칭찬이야, 욕이야?"

"칭찬이야, 칭찬. 그나저나 새로운 비행사는 태웠지?"

"그럼. 이미 태웠지. 문제없었어."

노형진은 고개를 끄덕거렸다.

그리고 그가 올라타자 비행기는 바로 이륙했다.

중국으로 손님을 태우러 가는 짧은 시간 동안 노형진은 그가 아는 사항을 최대한 손채림에게 설명해 줬다.

"흠…… 무슨 뜻인지 알겠어. 그런데 위험한 거 아냐?"

"뭐가?"

"국정원이 아무리 세계적으로 무능한 조직으로 욕먹고 있다고 해도 말이지, 일단은 국가조직이라고. 그것도 정보 조직."

손채림은 걱정스럽게 말했다.

그들이 뭔가를 하려고 한다면 아무리 노형진이라고 해도 위험할 수도 있기 때문이다.

"그래서 여기에 탄 거잖아. 이걸 격추시킬 수는 없겠지."

"그래도 한순간의 문제잖아. 언젠가는 한국에 가야 하는데."

"그건 그래. 그래서 국정원 쪽에 제대로 엿을 먹일 생각이야."

"어떻게?"

"중국을 이용해서."

"중국? 그 애들이 국정원이랑 싸우려고 할까?"

"아니, 중국이 싸우지는 않겠지. 하지만 미국이 싸우겠지."

"뭐?"

손채림은 눈을 찌푸렸다.

중국 사람들을 만나러 가는데 미국이 왜 국정원이랑 싸운단 말인가?

"물론 미국에서 싸워 준다고 하면 최고이기는 한데."

미국에 많이 기대고 있는 한국 정부 입장에서는, 국정원이 미국과 전쟁한다고 하면 대대적인 물갈이를 안 할 수가 없다.

"그건 나한테 맡겨. 내가 왜 국정원장을 여기에 태웠는데."

노형진은 씩 웃으며 말했다.

사실 새로운 비행사는 진짜 비행사가 아니라 국정원장이었다. 비밀리에 탑승해야 하기 때문에 신분을 가짜로 만든 것이다.

"중국 투자자들이나 잘 대우해 줘. 우리의 중요한 호갱님들 아니겠어?"

"그건 걱정하지 마."

손채림은 고개를 끄덕거렸다.

"내가 확실하게 대접해 줄게, 후후후."

"반갑습니다. 노형진입니다."

"반가워요."

중국의 사업자들을 보면서 노형진은 눈을 반짝였다.

'거물들이군.'

하긴, 아스가르드가 어중이떠중이가 탈 비행기는 아니니까 당연히 거물들이 탑승했을 것이다.

'그리고 공산당원이기도 하고 말이지.'

아무리 좋게 포장해도 결국 중국은 공산당이 지배하는 국가다.

그리고 공식적으로 자본주의를 부정하는 국가이기도 하다.

'그 말은 국가에서 저들을 암묵적으로 인정해 줬다는 뜻이기도 하지.'

저기서 웃으면서 말하는 사람들.

그들은 공산당원일 수밖에 없었다.

'하지만 그렇다고 해서 내가 저들에게 접근할 수는 없는 노릇이지.'

공식적으로 자신은 마이스터의 대리인일 뿐이다.

저들에게 접근해서 국정원과 싸우는 데 필요한 정보를 흘릴 수는 없다.

하지만 다른 거라면 이야기가 다르다.

"잘 어울리시네요."

탑승할 때와 다르게 정장으로 갈아입은 국정원장은 노형진이 다가오자 미소를 지었다.

"노 변호사, 초대 감사합니다."

'그래, 감사하겠지.'

권력에 가까운 자들일수록, 그리고 욕심이 많은 자들일수록 인맥에 매달린다.

인맥이 돈이자 힘이기 때문이다.

'그러니 이걸 거절할 리가 없지.'

더군다나 노형진 스스로 콩고물을 주겠다고 했다.

안 그래도 돈을 더 받을 방법을 찾던 그들 입장에서는 기회 중의 기회로 보일 것이다.

"정식으로 초대해 드리지 못해서 죄송합니다."

"아닙니다. 우리는 음지에서 양지를 지양하니까요."

'그런 새끼가 여기를 오냐?'

그랬으면 그가 여기에 타서는 안 된다.

그런데 여기까지 기어 와서는 음지 양지를 찾는 걸 보고 노형진은 코웃음을 쳤다.

"그러면 즐거운 시간 보내시길."

어차피 국정원장에게 관심은 없다.

애초에 그를 여기에 태운 건 그의 존재가 필요해서지 그와 화해하기 위해서가 아니다.

노형진은 국정원장과 헤어지고 따로 모여 있는 젊은 사람들에게 다가갔다.

"실례합니다."

한쪽 구석에서 이야기를 하고 있는 다른 사람들.

그들은 비서관으로 따라온 사람이다.

공식적으로는 말이다.

"오늘이 즐거우신가요?"

"네, 뭐."

노형진이 손을 내밀자 웃으면서 악수를 받아 주는 비서관들.

그리고 그 안에서 노형진은 생각지도 못한 월척을 찾아냈다.

'이놈이 그놈이었어?'

노형진은 눈앞에 있는 남자를 물끄러미 바라보았다.

미국에서 몇 년 후 중국산 전자 제품, 특히 컴퓨터 관련 물품에 대한 대대적인 박멸이 시작된다.

그 이유는 중국 정부가 그 안에 몰래 스파이 칩을 심어 둔 것이 발각되었기 때문이다.

그걸 통해 정보를 캐낼 수 있었고 그 때문에 중국 쪽에 온갖 산업 정보들뿐 아니라 자국 기밀이 넘어간 걸 알게 된 것이다.

'그때 아주 난리였는데.'

중국은 아니라고 딱 잡아떼려고 했지만 실물까지 나왔고 그 전에도 산업스파이 활동으로 유명했던 중국이었기 때문에 누구도 중국의 말을 믿지 않았다.

'그런데 그게 너란 말이지.'

노형진은 피식 비웃음이 나왔다.

눈앞에 있는 남자가 그 관련 프로젝트의 실무자 격인 자였다.

"이렇게 만나서 반갑습니다."

노형진은 그의 양손을 덥석 잡았다.

'진짜 반갑다, 이 새끼야.'

그 접속 방법을 알아낼 수만 있다면 전 세계 정보에 접근할 수 있기 때문이다.

'내가 왜 그 생각을 못 했지?'

노형진이 갑자기 미소를 보이자 묘한 표정이 되는 비서관.

"왜 그러십니까?"

"아닙니다. 갑자기 재미있는 이야기가 생각나서요."

노형진은 별말 하지 않았다.

이번 사건에서 그는 철저하게 제삼자가 되어야 한다.

그렇기에 그가 할 말은 별로 없다.

"그러면 즐거운 시간을 보내십시오."

노형진이 그에게서 떨어져 나와서 다른 사람들에게로 향했다.

그러다가 화장실 쪽을 바라보았다.

누군가 화장실로 들어가는 것이 보였고 노형진은 그걸 보고 살짝 미소 지었다.

'바보는 아니겠지.'

사실 노형진은 여기서 뭘 어쩌려고 한 게 아니었다.

노형진이 만나서 이야기하면 의심받으니까.

'하지만 화장실은 개인적 공간이지.'

화장실에 살짝 쪽지를 하나 놔두고 왔다.

내용은 간단하다.

미국의 항모 설계도를 팔고 싶다, 대신에 한화 200억과 망명 후 가짜 신분을 달라는 내용이었다.

'그리고 이들은 중국 공산당의 주요 인물들.'

바보가 아닌 이상에야 그걸 조용히 들고나올 테고, 공식적으로 이 비행에서는 아무런 일도 없었던 것이다.

'자, 그러면 국정원에서 뭐라고 할지 두고 보자고, 후후후.'

⚖️

"뭐라고요?"

구정수는 노형진이 다시 귀국해서 해 준 말에 입을 쩍 벌렸다.

"미국 항공모함 설계 도면을 넘길 겁니다."

"그걸 어디서 구했습니까!"

이건 심각한 문제다.

다른 것도 아니고 미국의 신형 항모 설계 도면이라니?

"제가 진짜로 있다고 한 적은 없는데요?"

"네?"

물론 있다. 하지만 그걸 진짜로 줄 수는 없다.

'하지만 일부 차용할 수는 있지.'

아예 증거를 안 보여 주면 저쪽에서도 미끼를 물지는 않을 테니까.

그래서 노형진은 설계도 중에서 중요하지 않은, 하지만 확실하게 존재를 알 수 있는 부분만 따로 뽑아 놓는 중이었다.

"다만 그럴듯하게 만들 수는 있겠지요."

"그건 그런데요. 이거 터지면 얼마나 큰일 나는지 아십니까?"

"압니다. 그래서 제가 하는 거고요."

"그게 무슨 말이죠?"

"툭 까고 말하죠. 지금 국정원에 자정 능력 있습니까?"

구정수는 아무런 말도 못 했다. 없으니까.

그가 아무리 비밀을 캐내기 위해 노력했다지만 어찌 되었건 아군이다.

그런데 아군에게 서슴없이 총질을 하는 작자들이다.

"자정은 불가능하다고 보이는데요?"

"끄응……."

"그러면 국정원을 외부에서 정화시킬 만한 조직은 있습니까?"

"하아."

없다.

국정원이라는 특성상 정치인들의 비밀을 많이 가지고 있다.

더군다나 현 정권은 외국 첩보 라인을 날려 버리는 한이 있다고 해도 국내 정치적 라이벌에 대해 감시를 늘려 왔다.

"만일 국정원을 개혁하려고 한다면 그 사람은 어떻게 될까요?"

"그건……."

"현실적으로 말하세요."

"살아남지 못할 겁니다. 현직 대통령이라고 해도 아마 탄핵될 겁니다. 급이 안되는 사람이라면…… 실종 처리될 테고요."

"그게 정상인가요?"

"정상은 아니죠."

구정수는 쓸쓸하게 말했다.

정상은 아니다. 하지만 그게 현실이다.

"그러면 개혁할 방법이 있습니까?"

구정수는 고개를 숙였다.

"제가 아는 것 중에 뭐가 있는지 아십니까? 내부에서 스스로 개혁한다는 놈들치고 개혁하는 걸 성공한 놈은 단 한 놈도 없다는 겁니다."

"크흠……."

"틀린 말은 아닌 것 같은데요."

"그렇게까지야……."

"아니라고 생각하세요? 어디 보자, 대충 구정수 씨 나이를 생각하면 국정원에 들어온 시기가 진보 정권이 권력을 잡고 있을 때쯤이겠네요. 그렇죠?"

"그건 그렇지요."

"그래서 같이 들어온 사람들 중에 남아 있는 사람들이 얼마나 됩니까?"

구정수의 얼굴이 사정없이 일그러졌다.

노형진의 말대로 그를 제외한 대부분의 그 당시 고용된 사람들은 한직으로 밀려나거나 해직당했다.

그도 사실상 내부에서 버려진 카드나 마찬가지였고.

"전에 요원이 제게 한 말이 있지요, 애국심도 없느냐고. 그러면 국정원이 충성하는 대상은 국가입니까, 아니면 특정 정당입니까?"

"특정 정당입니다."

인정할 수밖에 없는 사실이 나오자 구정수는 고개를 끄덕거렸다.

현 국정원의 충성의 대상은 국가나 국민이 아니다.

특정 정당이다.

"그리고 매번 그랬던 걸로 알고 있는데요?"

"……."

심지어 어떤 경우는 국정원에서 가지고 있는 비밀을 가지고 정치인들을 통제하며 자신들이 권력을 쥐려고 한 적도 있었다.

"그런 조직이 스스로 개혁이 가능할까요? 현 정부에서 그들을 개혁할 것 같지도 않은데 말이죠."

현 정부가 부패한 거야 다 아는 사실이고, 그들은 이득을 위해 국정원의 부패를 가속화시키고 있다.

그런 자들이 국정원을 개혁하기를 바라는 건 무리다.

'더군다나 지금의 국정원은 정작 제대로 일을 못 하고 있지.'

국정원은 국가정보원의 약자로, 쉽게 말해서 국가를 운영하는 데 있어서 필수적인 여러 정보를 수집하고 정보 작전을 하는 조직이다.

그런데 정작 현재의 국정원은 정보를 얻는 기능은 최소한으로 줄이고 민간인 사찰과 현 정권의 라이벌에 대한 감시 기능만 집중적으로 늘려 놨다.

"제가 알기로는 현재 국정원의 해외 정보 라인은 사실상 소멸한 상태일 텐데요."

"크흠, 그걸 어떻게……? 아니…… 당연히 아시겠군요."

노형진의 라인이 국정원에 있다고 생각한 구정수는 이내 포기한 듯 고개를 끄덕거렸다.

"맞습니다. 사실상 소멸했지요."

해외에서 활동하는 조직원은 거의 없고 대부분 국내 감시로 돌려진 상황.

그걸 개혁하자고 하면 위에서는 필요한 정보는 미국에서 주는데 뭐가 걱정이냐고 한다.

'미국도 결국 타국이라는 걸 모르는 건가?'

결국 자기 이득이 되지 않으면 그들도 한국을 도와줄 이유가 없다.

그런데 그들은 그걸 신경 쓰지 않는 듯했다.

"후우, 생각보다 잘 아시네요. 하지만 그걸 중국에 넘기는 거랑 국정원 개혁이랑 무슨 관계가 있습니까?"

"만일 국정원에서 그걸 넘기는 걸 미 정부가 알면 어떻게 될까요?"

구정수는 말문이 막혔다.

하지만 이내 노형진의 계획이 뭔지 알아차렸다.

'미국이 모를 수가 없다.'

다른 것도 아닌 자국의 신형 항모 설계 도면이다.

그걸 한국의 국정원이 중국에 넘기려고 한다면 미국이 당연히 알아차릴 것이다.

그리고 그런 짓을 벌인 국정원을 그냥 둘 만큼 미국은 호락호락한 나라가 아니다.

"국정원은 통째로 날아가겠군요."

이름이야 그대로겠지만 사람은 모조리 바뀔 것이다.

말도 안 되는 수준의 어마어마한 스케일.

'이게 노형진인가?'

요주의 인물이고 전 세계적인 영향력을 가진 사람이라는 사실은 알고 있었다.

그래도 그렇지, 미 정부를 이용해서 국정원을 정화하겠다는 계획은 꿈에서도 생각도 못 할 일이었다.

"뭐, 문제가 있나요?"

"문제가…… 없겠네요."

물론 미국이 끼어들면 주요 단체장들은 친미 주의자들이 되겠지만 어차피 지금 사방이 친미 주의자들이다.

 그러니 그들이 와도 바뀌는 건 없다.

 '다만 개인적인 욕심이 있느냐 없느냐의 문제인가.'

 현재 국정원 내부에서는 개인적인 욕심을 가지고 비밀을 팔아먹고 있다.

 최소한 미국 정부에서는 그런 사람들을 그냥 두지는 않을 것이다.

 "그리고 그걸 구정수 요원님이 미 정부에 알리시는 거죠."

 "제가요? 제가 그걸 알리면…….."

 그러면 미 정부는 그를 국정원의 핵심에 앉혀 두려고 할 것이다.

 그가 아니면 그 내부에서 믿을 만한 사람을 찾기 힘들 테니까.

 "제가 들어가면…….."

 "개혁을 할 수 있겠지요. 다만 당분간 친미라는 가면을 써야겠지만요."

 구정수는 침을 꿀꺽 삼켰다.

 아무리 충성을 세뇌한다고 하지만 위에서 나라에 충성을 안 하는데 아래에서 충성심이 우러나올 리가 없다.

 당연히 그 역시 욕심이 없는 것은 아니다.

 "대충 상황은 알겠습니다만 그래도 쉬운 건 아닌데요. 단순히 그런 소문을 낸다고 해서 미 정부가 접근할 리도 없고."

"그래서 구정수 씨가 필요한 겁니다."

그냥 이런 소문을 낸다고 해서 중국 정부나 미국 정부가 접근할 리가 없다.

더군다나 노형진이 노리는 것은 미 정부의 압력을 통한 국정원의 개혁이다.

아무리 미 정부라고 해도 그건 내정간섭이기에 개혁을 실행시키려면 확실하게 그들의 정보가 새어 나갔다는 것을 증명해야 한다.

"제가요?"

"국정원 요원으로서 다른 나라 요원들에게 접근할 수 있는 방법이 있지 않습니까?"

"그건 그런데……."

그는 곤란한 표정이 되었다.

아무래도 그건 국가 기밀에 해당되기 때문이다.

"싫으시면 어쩔 수 없고요. 안 하셔도 됩니다. 하지만 그 이후에 어떻게 될지는 아실 거라 믿습니다."

"끄응."

안 봐도 뻔하다.

이미 한 번 총질을 해 봤는데 두 번은 못 하겠는가?

다른 수많은 요원들처럼 실종이나 의문사로 처리될 것이다.

"그런 소문을 전 세계로 내야 합니다. 중국 쪽은 제가 일단 찔러 놨지만요."

화장실에 몰래 쪽지를 놨으니 인지는 할 것이다.

하지만 적극적으로 나서지는 않을 가능성이 높다.

"그러기 위해서는 스파이들에게 소문을 내야 하지요."

"그럴 만한 자를 찾는다는 거군요."

"네."

구정수는 한참을 아무런 말도 하지 않았다.

자신이 어떤 선택을 해야 하는지 혼란스러워 보였다.

하긴, 지금까지 충성을 바치던 대상을 배신한다는 게 쉬운 게 아니다.

노형진은 그런 그를 위해 확실하게 말을 해 줬다.

"충성의 대상이 어느 쪽인지 생각해 보세요. 국가와 국민인가, 아니면 특정 정당인가."

"후우, 무슨 뜻인지 알겠습니다."

결국 구정수는 조심스럽게 입을 열었다.

⚖

"확실한 정보는 아니었지만 정보 거래를 전문으로 하는 업자가 있다고 했습니다."

"그 스파이들이 모이는 카페 같은 곳 없습니까?"

"그런 게 있겠습니까?"

이것이 법이다

"역시 그런가요?"

노형진은 머리를 긁적거렸다.

영화에서 보면 그런 곳이 있다고 하더니 실제로는 없는 모양이었다.

"그런 곳은 까딱 잘못하면 이중 스파이 혐의를 뒤집어쓸 수 있기 때문에 진짜 스파이들이 가기 힘듭니다."

"그 영화처럼 정보 거래하는 경우는 없는 건가요?"

"있기는 하죠. 하지만 그렇게 대놓고 스파이들이 모이는 장소에서 한다? 그건 개소리입니다."

"역시 영화는 영화였군요."

"미녀 스파이와의 썸씽을 꿈꾸셨나 봅니다."

"하하하."

"하긴, 미녀 스파이들이 많죠. 특히 러시아나 중국 쪽은요. 하지만 만나 보시면 왜 장미에 가시가 있는지 아실 겁니다."

'안 만나 봐도 압니다.'

회귀 전에 그토록 그를 괴롭혔던 조직이 국정원 아닌가?

그 안에 미인계가 없었을 리가 없었다.

"조사하면서 결국 그 정보를 유통하는 업자를 찾을 수는 있었습니다."

"유통하는 업자라……."

노형진의 머릿속에서 계획이 착실하게 그려졌다.

'하긴, 국정원을 배신하고 가서 그걸 넘기겠다고 할 수는

없지.'

중국에 가서 정보를 넘기겠다고 할 수는 없으니 중간에 브로커가 있을 수밖에 없다.

그를 통해 거래해야 서로 안전할 테니까.

"잠깐, 그 말은 그 브로커 말고는 당사자가 누군지 모른다는 건가요?"

"네, 요즘은 거래를 그렇게 하죠. 당연한 거 아닙니까? 스파이 조직입니다. 누군가 비밀을 판다고 한다면 그 자체가 치명적인 약점이 됩니다. 그게 누군지 알려지면 나중에는 비밀을 팔기는커녕 비밀을 빼앗기게 될 겁니다."

노형진은 대충 머릿속에 그림이 그려졌다.

"그러면 그 사람이 누군지는 알고 있습니까?"

"압니다. 다만 그에게 접근하려는 순간 제가 총을 맞아서……."

말끝을 흐리는 구정수.

노형진은 그런 그를 보면서 미소 지었다.

"혹시 말입니다, 그 사람 제가 만날 수 있을까요?"

"네?"

"그 사람 말입니다. 제가 만나 보고 싶습니다."

"하지만……."

"걱정하지 마세요. 제가 확실하게 말할 수 있을 테니까요."

노형진은 미소를 지으며 구정수를 진정시켰다.

구정수는 자신이 찾아낸 사람을 소개시켜 줬다.

정확하게는 소개시켜 준 게 아니라 알려 줬다.

"상상을 초월하네요."

정보 브로커라고 하기에 말끔한 백인일 거라 생각했는데 예상과 다르게 정보 브로커는 이슬람 계열의 상인이었다.

"압둘 라만이라고 합니다. 원래 튀니지 출신입니다만 지금은 정보 브로커로 중간에 빼돌려진 정보를 거래하고 있습니다."

"그런데 그게 수익이 얼마 안되나요?"

눈앞에 있는 튀니지 요리 전문점.

작은 규모는 아니지만 그렇다고 큰 가게도 아닌 애매한 사이즈.

"그는 중간거래상일 뿐입니다. 진짜 몸통은 안 드러났습니다."

"아아아."

하긴, 생각해 보면 당연한 일이다.

만약 그가 스파이 조직의 핵심 인물이라면, 그만 잡으면 전 세계 정보를 다 모으는 셈이니까.

"그는 한국의 정보를 수집해서 넘기는 사람인 셈이지요."

"무슨 뜻인지 알겠습니다. 그리고 구조상 점조직이겠군요."

구정수는 고개를 끄덕거렸다.

"맞습니다."

그를 잡아 봐야 그가 아는 것은 없다.

물론 위쪽 라인에게 연결하는 정도는 알겠지만 그걸 알아낼 때쯤이면 이미 라인은 철수하고 없을 것이다.

"정보 조직이라……."

"돈만 준다면 뭐든 할 수 있는 시기이니까요."

"끄응."

농담이 아니다.

돈만 준다면 귀신도 부리는 것이 현재이다.

과거 냉전 시대에는 나라에 대한 충성이 우선이었으나 현재에는 많은 조직들이 나라보다는 돈을 따르고 있다.

'당장 CIA만 해도 그렇지.'

그들은 노형진이 미다스인 것을 안다.

하지만 결코 이야기하지 않는다.

심지어 미 정부에도 말이다.

그래야 자신들의 비밀 활동 자금을 확보할 수 있기 때문이다.

"하지만 접근한다고 해서 뭘 어쩔 수 있는 게 아닐 텐데요?"

접촉하는 방법도 분명 따로 있을 테고 무슨 암호 같은 것도 따로 있을 것이다.

모르는 사람이 와서 '정보를 팔겠습니다.' 같은 소리를 한다고 '어서 옵쇼.'라고 할 가능성은 없다.

"그건 제가 알아서 하겠습니다. 구정수 씨는 CIA에 접근할 준비를 해 주시면 됩니다."

"그거야 어렵지 않습니다만…….."

어찌 되었건 지금의 구정수는 그들에게 접근할 방법이 없다.

노형진 역시 섣불리 접근할 수는 없는 노릇.

"일단은 손님으로 들어가 보지요."

노형진은 다른 요원들이 없는지 주변을 확인하고 해당 식당으로 향했다.

"어서 오십시오. 혼자 오셨나요?"

종업원은 혼자 들어오는 노형진을 보고 미심쩍은 표정이 되었다.

그럴 수밖에 없는 게, 튀니지 음식점은 일반적인 음식점이 아니라서 혼자서 오는 경우가 드물기 때문이다.

"네, 혼자 왔습니다."

"안내해 드리죠."

"가능하면 조용한 자리로 갔으면 하는데요."

"조용한 자리요?"

"네. 룸이 있으면 룸으로 주십시오."

"혼자서는 룸을 쓸 수가 없습니다만?"

"다른 사람과 어울리는 걸 별로 안 좋아해서요."

그렇게 말하면서 노형진은 그의 손에 5만 원짜리 하나를 슬쩍 쥐여 줬다.

그러자 그는 헛기침을 하면서 주변을 스윽 둘러봤다.

"손님도 그다지 없는 것 같으니 룸으로 안내해 드리지요."

직원은 슬쩍 그를 룸으로 데리고 갔다.

대략 여섯 명이 먹을 수 있는 룸에서 노형진은 주변을 스윽 살폈다.

'역시나.'

노형진의 예상대로였다.

그런 거래를 하려고 오는 사람이 대놓고 사람들과 밥을 먹을 리는 없다.

그러니 당연히 룸을 쓸 거라 생각했는데, 살짝 살펴보니 주변에 감춰진 카메라 같은 것이 보였다.

'이래야 정상이지.'

노형진은 테이블에 앉아서 탁자에 손을 올렸다.

대충 음식은 시켰지만 그다지 신경 쓰지 않았다.

'분명 이곳에서 접촉했을 거야.'

그렇다면 비밀이 있을 게 분명했다.

노형진은 테이블에 손을 올리고 조용히 기억을 읽었다.

대부분은 쓸데없는 기억들이었다.

가족들과 온 사람들과 고향의 맛을 느끼러 온 사람들.

그리고 신기한 음식을 먹으러 온 커플들.

그렇게 한참을 읽어 내던 노형진은 드디어 원하는 과거의 기억을 찾을 수 있었다.

'빙고.'

이런 곳에 어울리지 않는 두 명의 남자.

그 두 남자는 느긋한 표정으로 접선용 암호를 말했다.

노형진은 그걸 확인하고는 미소를 지으면서 즐거운 표정으로 식사를 마쳤다.

그가 식사를 마칠 때쯤 종업원이 안으로 들어왔다.

"맛있게 드셨나요?"

노형진은 그 종업원을 바라보면서 미소 지었다.

'이 사람은 아무것도 몰라.'

만일 알았으면 이렇게 쉽게 룸으로 안내해 주지는 않았을 것이다.

하지만 그는 그 자신이 아무것도 모르는데도 불구하고 이 일에서 중요한 역할을 하는 사람이었다.

"훌륭한 요리였습니다. 요리사를 불러 주실 수 있을까요? 감사의 인사를 하고 싶어서요."

"아, 네. 알겠습니다."

'머리 잘 썼네.'

별 의심 하지 않고 나가는 종업원을 보면서 노형진은 피식 웃었다.

'확실히 이게 한국의 문화는 아니지.'

한국의 문화는 요리가 맛있다고 해서 주방장을 불러서 감사 인사를 하는 시스템은 아니다.

하지만 간혹 서양 사람들은 그런 행동을 하니, 그런다고 해서 아예 이상하게 생각할 것도 아니다.

'그러니 한번 걸러진다 이거군.'

스파이 조직의 첫 번째 접선자는 압둘 라만이 아니었다.

그는 이 지역의 책임자일 뿐이지 최초 접선은 다름 아닌 요리사였다.

"맛있게 드셨습니까?"

잠시 후 들어온 후덕한 얼굴의 요리사는 웃으며 노형진에게 말했다.

"아주 맛있었습니다. 찬사를 보내고 싶군요."

그렇게 말한 노형진은 이어서 그들이 만들어 둔 암호를 말했다.

"다만 요리에 밀크 코코넛이 두 스푼 정도 더 들어갔으면 했습니다만."

노형진이 먹은 요리는 밀크 코코넛 같은 게 들어가는 요리가 아니다.

하지만 요리사는 아무런 말도 하지 않았다.

"그래요? 개선책을 생각해 보도록 하겠습니다. 요리에 관한 연락을 이쪽으로 주시지 않겠습니까?"

그는 전화번호를 하나 건네고는 무심하게 나갔다.

물론 이 전화번호는 요리에 관한 연락처가 아니었다.

스파이 조직과 통하는 팩스 번호였다.

'빙고.'

팩스로 파일의 일부를 보내면 그걸 보고 그쪽에서 먼저 접근해 오는 방식.

정부 기관에서 추적해 봐야 팩스는 제삼자로 되어 있으니 나오는 게 없을 게 뻔하다.

'그러면 연락을 해 볼까?'

노형진은 그 팩스 번호를 받고 자리에서 일어났다.

팩스 번호를 조작해서 보내는 건 어려운 일이 아니었다.

하지만 그 전에 먼저 해야 하는 일이 있었다.

⚖

"가장 가능성이 높은 사람은 국정원장입니다."

구정수는 걱정스러운 얼굴로 말했다.

일이 이쯤 되자 구정수라고 해도 더 이상 모른 척할 수는 없게 되어 버렸다.

국정원에서 그를 죽이려고 하는 건 실제 상황이니까.

"예상은 하고 있었습니다."

"예상하고 있었다고요?"

"정보를 팔아먹을 정도로 간땡이가 부어 있는 사람이 얼마나 되겠습니까?"

"그건……."

"그리고 국정원은 외부에서 들어가기 쉬운 조직은 아니죠."

하물며 승진은 더더욱 어렵다.

그런데 비밀에 접근할 정도로 권한이 있으면서도 충성심이 약하고, 외부에서 들어와서 지내다가 떠나도 그만인 사람이 누가 있겠는가?

"뻔한 거 아닙니까?"

"하아……."

긴 한숨을 쉬는 구정수.

그가 한참을 조사해서 알아낸 것이 국정원장이 판매자라는 사실이었는데 노형진은 몇 가지 추론만으로 알아내자 왠지 자괴감이 들었다.

"다만 그 이유는 모르겠지만요."

"아마도 정치자금 문제일 거라 생각합니다."

"정치자금?"

"네, 야당에서 정치자금이 부족하다는 이야기가 있었거든요."

'아, 나 때문이네.'

노형진은 아차 싶었다.

과거에 노형진은 감춰진 비자금을 통째로 날려 버린 적이 있었다.

족히 수천억이 되는 자금을 속임수를 통해 날려 버렸다.

'그리고 그걸 메꾸는 건 쉬운 게 아니지.'

정치인들이 돈이 날아갔을 때 과연 그걸 깔끔하게 포기할까?

그럴 리가 없다. 어떻게 해서든 그걸 메꾸려고 할 것이다. 그건 당연한 일이다.

'그렇지만 기업에서 받아 내는 데에는 한계가 있지.'

수천억의 돈을 기업에서 받아 내면 기업이 편들어 줄 리가 없다.

당장 기업들도 돈 때문에 정권에 줄 서는 건데, 그 돈을 모조리 빨아먹으면 기업이 그들을 내칠 게 뻔하다.

'그래서 국가 기밀을 팔아먹기로 한 거군. 끄응…… 일이 복잡해졌어.'

회귀 이후에 대통령이 바뀌고 정권도 바뀌었다.

당연히 국정원장도 바뀌었고.

'변수가 너무 많아졌어.'

상황이 바뀌다 보니 다른 곳은 몰라도 한국 내부에서의 상황은 노형진이 회귀 전에 알던 것과 너무 달라졌다.

'정보를 캐낼 수 있는 방법을 찾아야 하는데 말이지. 결국 중국이 만든 백도어를 이용해야 하나?'

믿을 만한 사람을 통해 중국에서 들어가서 정보를 캐낸다면 문제 될 것은 없을 것이다.

애초에 중국에서 몰래 만든 문이니까 걸린다고 해도 결국 중국의 소행으로 될 테니까.

"어느 정도의 정보가 팔려 나갔는지는 알 수가 없겠지요?"

"네, 그건 저도……."

'하긴, 국가 중요 방위 시설도 팔아먹는 새끼들이 뭔들 못 팔아먹겠어.'

한국이 국력을 다 쏟아부어서 쏘아 올린 위성, 그 위성과 그에 관련된 모든 것, 심지어 그 궤도에 관한 권한까지 정부가 중국에 팔아먹었다.

심지어 개발비의 10분의 1도 안되는 가격에.

'돈이면 다 된다는 놈들에게 국가 기밀이 어디 있어?'

다른 사람 같으면 말도 안 된다고 할지도 모른다.

하지만 노형진은 그들이 얼마나 많은 걸 팔아먹는지 두 눈으로 본 사람이다.

"되찾는 건 힘들 겁니다. 아니, 요원 명단은 다 팔려 나갔다고 봐야 합니다."

노형진은 저절로 한숨이 나왔다.

"이런 경우라면 차라리 외부에 요원이 별로 없다는 게 다행이네요."

최소한 명단이 나가서 죽을 사람이 줄어들기는 할 테니까.

"그런가요?"

구정수는 씁쓸하게 미소 지었다.

그가 평생을 바친 국정원이 이 정도로 타락할 줄은 몰랐기 때문이다.

"그 정보를 찾는 건 힘들 겁니다. 그러니까 다른 방법을 찾아야지요."

"어떻게요?"

"계획대로 하면 됩니다. 이미 준비는 마쳤으니까 이제 구정수 씨가 CIA에 접근하면 됩니다."

"하지만 그들이 제 말을 믿어 줄까요?"

구정수는 회의적인 생각이 들었다.

정보 조직은 사람들을 잘 믿지 않는다.

아무리 구정수가 먼저 접근한다고 해도 믿지 않을 가능성이 높다.

아니, 정보 조직의 특성을 생각해 보면 도리어 먼저 접근한 구정수를 더 믿지 않을 것이다.

"걱정하지 마세요. 제가 믿게 만들 테니까요."

노형진은 자신 있게 말했다.

⚖

"우리 설계 도면요?"

"네, 국정원장을 비롯한 일당이 그걸 팔아먹으려고 하고 있습니다."

CIA가 비밀 조직이기는 하지만 그렇다고 해서 아예 그 존재 자체가 비밀은 아니다.

외부적으로 드러나 있는 조직도 분명 존재한다.

그곳을 통해 접근한 구정수의 말에 관리자는 당황스러웠다.

"국정원 요원 맞습니까?"

오죽하면 그는 구정수가 진짜 국정원 요원이 맞는지 의심스러워했다.

"신분증을 확인해서 아실 텐데요? 그리고 그래도 명색이 팀장급인데 그쪽에서 제 신분을 모르지는 않을 테고요."

"으음……."

"저는 이 사태에 대해 심각하게 생각하고 있습니다. 한국인으로 국정원에 있지만, 우리의 최우방인 미국의 특급 군사기밀을 국정원 요원들이 팔아먹는다는 것은 심각하게 문제가 된다고 생각합니다."

CIA 한국 지부장은 곤란한 표정이었다.

물론 그의 신분은 공식적인 것이고 비밀 요원들을 관리하는 것은 다른 사람이지만.

'그래도 이거 너무 일이 심각한데?'

다른 것도 아니고 미국의 최신 군사기술을 한국 국정원이 어떻게 알아냈는지도 문제이고, 그걸 팔아먹는 것은 더더욱 문제다.

'이런 미친놈들.'

다른 것도 아니고 항모 설계도를 팔아먹으면 무슨 일이 생길지 모른단 말인가?

"그쪽 의견은 잘 알겠습니다. 하지만 저희는 그쪽 말을 믿을 수가 없군요. 공식적으로 당신이 배신자로 되어 있어서 말이죠."

'역시나.'

구정수는 그의 말에 입술을 깨물었다.

자신에 대해 그냥 넘어가지 않을 거라고는 생각했다.

보아하니 아마도 자신이 정보를 빼돌려서 판다고 뒤집어 씌우고 추적하는 것이 분명했다.

"제가 정보를 판다는 게 사실이라면 여기에 오지는 않았겠지요."

"글쎄요. 이 바닥이 워낙 이런저런 말이 많은 곳이라서 말이지요."

누구도 믿을 수 없지만 누구든 믿어야 하는 개떡 같은 구조의 시스템이 구축된 정보계에서 명확한 것은 하나도 없었다.

"일단은 돌아가세요. 이대로는 저희가 그 말만 믿고 뭐라고 할 수는 없습니다."

구정수는 입술을 깨물었다.

예상대로였다.

어찌 되었건 대한민국 정부는 미국의 우방.

그 안에서 요원 한 명이 정보를 들고 왔다고 해서 그냥 믿어 줄 리가 없었다.

'어떻게 된 거야?'

분명 노형진이 며칠 전 준비는 끝났으니 가서 이야기하라고 했다.

그런데 바뀐 것이 하나도 없었다.

'젠장.'

그는 입술을 깨물고 자리에서 일어나려고 했다.

그나마 다행인 건 그 자신을 잡아서 국정원에 넘기지 않는 것?

즉, 자신의 말을 아예 안 믿는 건 아니라는 거다.

"지부장님."

그런데 조용히 들어온 요원 한 명이 CIA 한국 지부장에게 다가갔다.

"응? 무슨 일이지?"

요원 간의 대화에서는 어지간하면 다른 사람이 들어오지 못하게 한다.

그 말 한마디 한마디가 정권을 쥐고 흔들 수 있기 때문이다.

"본사에서 연락이 왔습니다."

"본사?"

본사라는 말에 지부장은 잠깐 양해를 구하고 그를 데리고 구석으로 갔다.

"무슨 일이야?"

"정보 상인들 사이에서 신형 항모의 캐터펄트 설계 도면이 떴답니다."

"뭐?"

그의 눈이 팍 찡그러졌다.

아무리 비밀리에 장사를 한다고 해도 몰래 팔 수 있는 것과 아닌 것이 있다.

그리고 미국의 신형 기술은 몰래 팔 만한 것이 아니다.

어차피 걸릴 수밖에 없을 정도의 문제인 데다가 작은 것도 아니고 아예 항모 자체의 설계 도면인 만큼, 정보 상인들은 아예 대놓고 팔면서 수익을 높이려고 한 것이다.

"이런 미친! 어디서 샌 거야?"

아무리 하자가 발견된 캐터펄트라고 하더라도 항모의 핵심 기술임은 틀림없다.

그런데 그 비밀이 새어 나갔다는 것은 절대로 작은 일이 아니다.

"그건 찾지 못했습니다. 아시다시피 정보 상인들은 그 출처에 대해서는 철저하게 함구하기 때문에……."

"으음……."

지부장은 곤란한 표정이 되었다.

물론 미국에서 정보 상인들을 때려잡으려고 하면 때려잡을 수도 있다.

하지만 현실적으로 그건 불가능하다.

미국 역시 고객으로 여러 정보를 구입한 적이 있는 데다가 그들은 미 정부의 추문 역시 가지고 있기 때문이다.

"퍽킹!"

이러면 곤란해진다.

이 상황에서 관련 정보를 가진 사람은 바로 구석에 있는 구정수뿐이기 때문이다.

"잠깐 이야기를 다시 할 수 있을까요?"

아까와는 확연히 다른 태도로 다가오는 그를 보면서 구정수는 노형진이 뭘 했는지는 모르지만 그 작전이 성공했다는 걸 알아차렸다.

"뭘 알려 드릴까요?"

"아까 그 이야기를 좀 더 자세하게 말해 주실 수 있겠습니까?"

구정수는 고개를 끄덕거렸다.

"기꺼이 그러지요."

함정의 함정

"역시."

캐터펄트의 설계도를 보내자 당연하게도 그 정보는 시중에 뿌려졌다.

그리고 그걸 사기 위해 정보 집단들의 눈에 불이 켜졌다.

"특히 미국은 더더욱 눈에 불을 켰을 테고요."

바보도 아니고 미 정부에서 이게 뿌려진 걸 모르지는 않을 것이다.

당연히 누가 판매자인지 찾아보려고 할 테지만……

"한국이라는 것 말고는 알 수 있는 게 없을 테니까 아마 경보 단계가 최고 등급이지 싶은데요."

문제는 그런 정보에 접근할 수 있는 사람은 한계가 있다는 것이다.

동네 아줌마가 접근할 수 있는 정보가 아니니까.

그렇다고 민간 기업에서 접근하자니 그럴 가치가 없다.

민간 기업이 그걸 사서 팔아먹기에는 위험부담이 너무 크니까.

"결국 의심스러운 건 국정원이죠. 지금부터 국정원의 움직임은 극도로 제한될 겁니다."

"하지만 그걸 믿을까요?"

구정수는 걱정스럽게 말했다.

철저한 우방으로 분류되는 미국이다.

그들이 한국의 국정원이 팔려고 한다는 걸 믿을까?

"믿을 겁니다. 아니, 믿을 수밖에 없지요. 전적을 아니까."

"전적을 안다고요?"

"설마 미국이 국정원에서 누군가 요원의 신분 같은 걸 팔아먹는 걸 모를 거라 생각합니까?"

구정수의 얼굴이 사정없이 일그러졌다.

생각해 보면 그렇다. 미 정부의 정보력은 어마어마하다.

한국의 정보력이 아무리 나아졌다고 하나 정보의 양이나 질 면에서는 미국의 10분의 1 이하다.

"그런 놈들이 정보를 팔아먹는 걸 모르지는 않을 테죠."

"그런데 왜 알리지 않는단 말입니까?"

"구정수 씨도 참 답답합니다. 정보기관이 무슨 자선단체라도 된답니까?"

"네?"

"생각을 해 보세요. 한국의 정보 라인이 약해지면 그로 인한 이득을 중국만 볼까요?"

"이런⋯⋯."

중국에 있는 국정원 요원이 죽으면 대중국 정보 라인이 약해진다.

그리고 그 정보를 얻기 위해 국정원과 정부는 미국에 매달릴 수밖에 없다.

"결과적으로 말해서 우리의 대중국 정보 라인은 전적으로 미국에 기대게 될 겁니다."

그러면 미국은 우리에게 입맛에 맞는 정보만을 건넬 수 있게 되어 더욱 확실하게 한국 정부를 쥐고 흔들 수 있다.

"영원한 적도 영원한 아군도 없는 게 이 세상이 아니던가요?"

"하아, 그렇지요."

한숨을 푹 쉬는 구정수.

그의 말이 맞다.

눈 감고 조용히 있으면 자기들의 영향력이 강해지는데 순순히 그 사실을 알려 줄 미국이 아니다.

"하지만 다른 것도 아니고 미국의 특급 기밀입니다. 그게 새어 나갔는데 그쪽에서 전처럼 두고 볼까요?"

"그럴 리가 없겠군요."

모든 일에는 선이라는 것이 있다.

그 선을 훌쩍 넘어 버린 대상이라면 미 정부에서 가만둘 리가 없다.

"그런데 어떻게 미 정부를 속인 겁니까? 아무리 그들이 이야기를 들었다고 해도 설계도를 확인했을 텐데요."

그럴듯하게 그린 설계 도면이라면 그들은 코웃음을 쳤을 것이다.

도리어 그게 퍼지도록 부채질할 것이다.

가짜인 게 분명하니 그게 새어 나가면 다른 조직들은 돈만 날리는 거니까.

"비밀입니다."

노형진은 웃으며 말했지만 구정수는 왠지 소름이 돋았다.

'이 사람은 도대체 어디까지 선이 닿아 있단 말인가?'

자신조차도, 아니 대한민국 정부조차도 그런 건 얻을 수가 없다.

그런데 아무리 극히 일부라고 하지만 그걸 얻어 내다니.

물론 그들은 그 팩스를 보낸 사람을 캐내기 위해 혈안이 될 것이다.

'하지만 그걸 찾아낼 수는 없지.'

팩스를 보낸 곳은 다름 아닌 부동산이다.

전혀 상관없는 지역의 동네 부동산에 가서 현금으로 돈을 주고 팩스를 보냈다.

당연하게도 그 주변에는 CCTV 같은 것도 없었다.

'죽어라 캐 봐야 아무것도 안 나와.'

"제가 그걸 미 정부에 공개하면 어쩌시려고요?"

"글쎄요? 그런다고 해도 저들이 저한테 뭘 어쩌지는 못할 걸요."

그러기에는 노형진에게 기대는 부분이 너무 많다.

"더군다나 보낸 설계 도면은 기본적으로 오류투성이거든요."

"네?"

"말했잖습니까, 가짜라고."

원본인 건 알 수 있지만 미묘하고 미세한 수치들이 수정되어 있다.

그걸 가지고는 절대 항모를 만들 수가 없다.

'하지만 기본 개념은 똑같지.'

그러니 미 정부에서 도면이 **빼돌려진** 걸 안 것이다.

'하지만 다른 정부는 그게 잘못되었다는 걸 알 수가 없으니까.'

그리고 개념은 잡혀 있기에 연구하면 수치는 충분히 교정할 수 있다.

그렇기에 미국 정부는 난리가 난 것이다.

"아마 국정원에 대한 대대적인 감시가 시작될 겁니다. 아마 우리가 만나고 있는 것을 보고 있을지도 모르지요."

노형진은 그렇게 말하면서 시선을 바깥으로 돌렸다.

두 사람이 대화하는 공간은 사무실을 임대해 주는 곳이다. 그것도 안쪽에 있는 공간인지라 외부에서 감시할 수가 없다.

"으음, 그러면 뭐라고 하죠?"

"사실대로 말하세요. 원래 거짓말은 진실에 섞는 법입니다."

"사실대로라면?"

"국정원에 쫓겨서 저한테 의뢰하신 거죠. 틀린 말은 아니지 않습니까?"

그는 고개를 끄덕거렸다.

"하지만 국정원장을 어떻게 잡을지가 관건입니다. 그가 인정할 리가 없죠."

"인정할 필요가 있나요?"

"네?"

"우리에게 필요한 건 국정원의 개혁이지 국정원장은 아니지 않습니까?"

"그게 무슨 말입니까?"

"사실은 이미 중국 요원들과 몰래 접촉했습니다."

구정수의 얼굴이 눈에 띄게 흔들렸다.

"그게 무슨……?"

노형진은 이미 아스가르드에서 중국의 요원들과 접촉했다. 비서로 접근한 그들은 분명 화장실에 있는 쪽지를 확인했다.

"아니, 그게 무슨 말입니까? 국정원장이 필요 없다니요?"

"사실은 국정원장을 비공식적으로 중국 쪽 요원들과 접촉

시켰습니다."

구정수는 황당하다는 표정이 되었다.

노형진이 무슨 짓을 저지르고 있는지 몰랐기 때문이다.

"어째서요? 왜 그런 위험한 짓을……?"

"적당한 핑계를 만들어 내기 위해서요."

"적당한 핑계요?"

"네, 요원에게 슬쩍 쪽지를 건넸죠. 중국에 망명을 요청한다, 미국의 최신 항모 설계 도면을 가지고 있다, 그걸 가지고 망명하겠다, 한화로 200억과 망명 이후에 쓸 가짜 신분을 달라."

노형진이 화장실에 놓아둔 쪽지의 내용이었다.

그 말을 들은 구정수의 얼굴에 진땀이 흐르기 시작했다.

"그리고 이런 내용도 덧붙였죠. 증명하기 위해 시장에 가짜 설계 도면 중 일부를 뿌리겠다. 하지만 그건 가짜이니까 구입하지 말 것."

"쿨럭."

갑자기 뿌려진 설계 도면. 그게 진짜로 팔기 위한 게 아니었다니.

"중국 입장에서는 그걸 믿을 가능성이 높겠군요."

중국은 어찌 되었건 항모를 만든 나라다.

그 캐터펄트의 설계 도면을 보면 뭐가 문제인지 모를 리가 없다.

"하지만 반대로 말하면 수치만 제외하고는 맞다는 걸 알겠지요."

"으음……."

그러면 그들은 망명을 진짜라고 받아들일 가능성이 높다.

"하지만…… 그렇다고 해도 국정원장이 진짜 망명하는 건 아니잖습니까?"

"그래서 한마디 더 썼죠."

"어떤 거죠?"

"가짜 설계 도면이 뿌려지면 미 정부는 날 의심할 것이다. 그러니 안전을 위해 나를 납치 형식으로 망명시켜 달라."

"납치……."

"흔한 방식이죠."

납치가 성공하면 좋은 거고, 실패하면 납치를 당하다가 구출된 셈이 되니까 망명하기에는 최적의 시나리오가 된다.

"국정원장은 꿈에도 생각하지 못하고 있지만요."

하지만 그 쪽지에 대한 증명은 이미 이루어졌다.

그런 만큼 그들은 이번 일을 심각하게 생각할 것이다.

"하지만 그래도 여전히 문제가 있습니다. 국정원장이 도면을 판 게 함정이라고 생각할 수도 있습니다."

"물론, 그건 알고 있습니다."

노형진은 고개를 끄덕거렸다. 그럴 가능성이 높다.

"하지만 자기 사람들을 버리기 시작하면 아니죠."

"아니라니요?"

"제가 한 가지를 더 요구했습니다. 정해진 날 정해진 장소에 국정원 요원들을 대거 파견하겠다. 그들을 처단해 달라."

"무슨 말도 안 되는 소리입니까? 아니, 국정원 요원을 왜 처단합니까!"

"정상적인 요원이라면 곤란하겠지요."

노형진은 고개를 흔들며 말했다.

정상적인 요원이라면 문제가 안 된다.

"하지만 국정원장에게 붙어서 나라 기밀을 팔아먹는 놈들이라면 처단해도 되죠."

"그걸 어떻게 구분합니까?"

"그걸 구분하게 하는 게 구정수 씨의 역할입니다."

"제 역할이라고 하면……? 저보고 미끼가 되라는 말씀이군요."

구정수는 심각한 표정으로 말했다.

노형진은 그 말을 부정하지 않았다.

"당신이 전면에 나서면 국정원장은 어떤 행동을 할까요?"

"저를…… 죽이려고 하겠지요."

분명 죽이려고 할 것이다.

이미 한번 그에게 총질을 했던 사람들이다.

그런 그들이 구정수를 산 채로 잡아가려고 할 가능성은 낮다.

"제가 나서서 그들을 함정으로 끌어당기라는 말씀이군요."

"맞습니다."

어찌 되었건 그는 과장급의 직위를 가지고 있다.

"구정수 씨가 미끼가 되면 국정원에서 분명 잡으러 올 겁니다. 그런데 만일 그중에 정상적인 요원이 섞여 있다면, 당신이 현장에서 항복한다고 하면 일단 잡아서 취조를 하려고 할 겁니다. 국정원장 입장에서 그건 결코 반가운 결과가 아니죠."

만약 구정수가 말하는 걸 다른 자들이 듣고 그들이 의심하거나, 최악의 경우 함께 파기 시작하면 국정원장 입장에서는 자신을 추적하는 사람이 두 배가 된다.

게다가 그 요원이 구정수와 다르게 자기 파벌을 가지고 있거나 어떤 파벌에 속하기라도 했다면 그는 심각한 정치적 위험에 빠질 수밖에 없다.

"결국 국정원장의 선택은 현장에서 구정수 요원을 사살하는 것뿐입니다."

"으음……."

더군다나 지금쯤 국정원장은 미국이 자신을 의심하고 있다는 것을 알아차렸을 것이다.

현장에서 사살하고 핑계는 얼마든지 만들 수 있다.

그런 일을 하는 게 국정원이니까.

"당신이 입을 열면 미국에서도 가만두지 않을 거라는 걸 알 겁니다. 결국 당신은 살려 둘 수가 없습니다."

"그러면 그 장소에 나오는 건 이미 국정원장에게 붙은 수

족이겠군요. 비밀을 지켜야 하는 거니 단순히 라인이 아니라 실제 비밀을 알고 있는 놈들일 수밖에 없겠고요."

구정수는 그제야 대충 이해가 갔다.

노형진의 계획대로라면 국정원장 송병두의 핵심 수족들이 자신을 잡으러 올 수밖에 없다.

"같은 요원을 현장에서 사살하기 위해 오는 놈들이 정상적인 놈들은 아닐 것 같네요."

"끄응……."

구정수는 신음을 냈다.

아무리 그래도 동료였던 자들이니까.

"마음을 독하게 먹으세요. 그들은 아군이 아닙니다. 적입니다. 나라를 팔아먹는 매국노일 뿐입니다."

"알겠습니다."

구정수는 마음을 독하게 먹었다.

국정원 요원으로서 배신자는 동료가 아니라고 생각하는 건 어려운 일이 아니었다.

때로는 진짜 동료마저 버려야 하는 게 국정원 요원의 일이 아니던가?

하물며 그에게 총질했던 자들이야 어렵지 않았다.

"그리고 그들을 진짜 죽이지는 않을 겁니다."

"네? 그러면요?"

"제가 언제 중국만 끼워 넣는다고 했습니까?"

노형진은 씩 웃었다.

"우리에게는 절대적인 아군이 하나 있지 않습니까? 후후후."

한국은 많이 발전한 곳이지만 반대로 발전하지 않은 곳도 많다.

그리고 그런 곳 중에는 사람이 전혀 살지 않는 곳도 있다.

'여기도 그런 곳이지.'

노형진이 격전지로 정한 곳.

그곳은 다름 아닌 재개발 예정지였다.

'아주 허허벌판이지.'

재개발을 위해 주변을 싹 밀어 버렸지만 정작 공사 자체는 아예 멈춘 지역이다.

사방 수 킬로미터에 걸쳐서 사람이라고는 전혀 없는 곳.

"그들이 올까요?"

"올 겁니다."

노형진은 그곳에 며칠에 거쳐서 비트를 팠다.

사람이 없는 곳이기에 그건 어려운 작업이 아니었다.

그리고 그 안에 CIA 요원들과 함께 숨었다.

"안 올 것 같은데요? 이건 대놓고 함정 파는 거 아닙니까?"

총질을 해도 주변에서 모를 장소다.

그런데 거기서 만나자고 한다?

"여기서 너희를 죽이겠다는 것 외에는 그런 목적이 아니겠지요."

그런 소리를 들으면 바보가 아닌 이상에야 여기가 함정인 걸 알아차릴 것이다.

"구 요원은 혼자입니다. 이런 곳에서 만나면 자살하는 꼴입니다."

즉, 구정수가 여기에 혼자 올 가능성이 제로라는 것은 최소한의 훈련을 받은 사람이라면 어렵지 않게 알 수 있다는 소리다.

"그래서 여기를 고른 겁니다."

"네? 어째서요?"

"구정수 요원은 국정원장이 미국에서 빼낸 항모 설계도를 가지고 있다는 걸 안다고 했습니다. 그 자료도 있다고 했지요."

물론 그런 건 없다.

하지만 자신이 의심받고 있는 상황에서 대해 국정원장이 모를 리는 없다.

"그러면 어떻게 할까요?"

"죽이려고 하겠지요."

"네, 함정입니다. 죽이려고 하겠지요."

구정수는 지난 며칠간 아주 대놓고 돌아다녔다.

즉, 죽이려면 죽여 보라는 셈이다.

"그리고 여기는 함정입니다. 그런데 여기가 아니면 기회가 없으면 어떻게 하겠습니까?"

"정면 돌파. 그렇군요."

여기는 대놓고 함정이다.

즉, 양쪽 다 충분한 병력을 데리고 올 거라 생각한다는 의미다.

"그래서 여기로 정한 겁니다."

"아무리 그래도 이해가 안 되는데요. 구정수 요원은 지원이 없지 않습니까? 우리는 나서지 말라면서요?"

이미 구정수는 다른 곳에서 기다리는 중이다.

"더군다나 구 요원이 있는 장소는 여기도 아닌데."

"여기로 올 겁니다. 지원군을 데리고요."

그 순간 골전도 무전기에 속삭임이 들렸다.

-여기는 델타. 사람들이 옵니다.

델타라는 말에 요원은 눈을 찌푸렸다.

델타면 구정수가 있는 장소니까.

"거기 사람이 왔다고?"

노형진은 씩 웃었다.

"맞춰서 왔네요."

"이해가 안 가는데요?"

"중국 쪽 요원입니다."

"뭐라고요?"

그는 눈을 크게 떴다.

여기서 갑자기 중국 요원이 왜 튀어나온단 말인가?

"함정을 이중으로 팠습니다."

중국은 국정원장이 처단 대상을 이쪽으로 보내는 것으로 알고 있다.

하지만 누군가는 그들을 확인해 줘야 한다.

"그리고 그게 구정수죠."

구정수는 원래 국정원장에게 살해 위협을 받고 있다.

하지만 그의 신분은 한두 개가 아니고 그게 중국에 다 드러난 게 아니다.

"그래서……."

새로운 국정원 신분증을 만들어 달라는 노형진의 부탁을 이상하게 여겼는데, 그들은 대번에 이해가 갔다.

"구 요원, 아니 백 요원은 지금 국정원장이 보낸 사람이죠."

그리고 그들은 여기서 만나서 처단 대상에 대해 이야기하고 있다.

"그 처단 대상은 그럼?"

"국정원장이 보내는 사람이죠."

아마 한두 명이 아닐 것이다.

다만 그들은 중국 쪽이 여기에 올 줄은 생각도 못 하고 있을 것이다.

"그러니 피아를 구분하지 못할 겁니다."

영화에서 나왔던 상황이다.

서로가 처음 봐서 피아가 구분되지 않는 상황.

-여기는 탱고. 몇 대의 차량이 나타났습니다. 총 여섯 대입니다.

노형진은 고개를 끄덕거렸다.

'올 수밖에 없겠지.'

항모 설계도를 가지고 있다고, 그걸 가지고 미국으로 간다고 했다.

그리고 국정원장이 빼돌렸다고 할 거라고.

'국정원장도 멍청이는 아니니까.'

아니라고 해 봐야 이 세계에서는 이빨도 안 먹힌다는 걸 알 것이다.

그러니 여기가 대놓고 함정인 걸 알아도 올 수밖에 없다.

'그리고 구정수가 얻을 수 있는 지원이 뻔할 거라 생각할 테고.'

총기 통제국인 대한민국.

거기서 아무리 구정수가 불법 무기를 구한다고 해도 한계가 있다.

하지만 그에 반해 국정원은, 아니 국정원장은 얼마든지 소총과 수류탄 같은 무기를 구할 수 있다.

'그러니 힘으로 제압할 수 있을 거라 생각하겠지.'

함정이지만 힘으로 이길 수 있다는 생각.

그 생각에 올 것이다.

'차량이 방탄 차량일 건 뻔하고.'

노형진은 피식 웃었다.

아무리 구정수가 총기를 구했다고 해도 방탄 차량에서 반격하기 시작하면 방법이 없다.

'그건 어디까지나 시정잡배 기준.'

그들은 중국이 끼어든 걸 모른다.

그리고 중국쯤 되면 무장하는 것은 어려운 일이 아니다.

─델타. 이동합니다.

드디어 구정수가 이동하기 시작했다.

여러 대의 차량이 현장으로 다가가자 국정원 요원들 사이에서는 긴장감이 넘치기 시작했다.

"숫자는 비슷하군요."

멀찌감치에서 찍어서 보내는 영상을 보면서 노형진은 고개를 끄덕거렸다.

"아무래도 한계가 있으니까요."

중국도 한국에서 동원할 수 있는 숫자가 한계가 있을 테고, 반대로 국정원장은 자기 사람이 아니면 쓸 수가 없을 테니까.

"도착했군요."

두 집단이 서로 대치하기 시작했다.

생각보다 많은 숫자에 당황한 국정원 요원들.

중국 쪽 요원들도 기껏해야 댓 명이나 나올 거라 생각했는데 수십 명이 나타나자 당황한 듯 보였다.

─이제야 오는군. 오래 기다렸어.

구정수가 먼저 이야기를 시작했다.

그래야 이야기를 짜 맞출 수 있으니까.

─구정수! 너를 국가 반역 혐의로 체포한다!

국정원 요원 쪽은 일단 그럴듯한 죄목을 댔다.

하지만 구정수 쪽은 별반 반응이 없었다.

'당연하지.'

이미 구정수는 자신과 국정원장이 중국에 망명할 것이라 이야기해 놨으니까.

그리고 파견된 사람들은 공식적으로 자신을 체포하는 임무를 띤 이들이라고 설명했다.

'배후에 있는 사람들이 한국 사람이라면 술렁이겠지만.'

한국인도 아니니 별로 신경도 안 썼다.

물론 이름이 틀린 것도 말이다.

요원 중에서 신분이 한 개인 사람은 아무도 없으니까.

─몇 년 전 코드명을 쓰는 거야? 다 아는 사이에 그러지 말자고.

─너 이 새끼.

─내가 망명하려고 보니까 말이야. 너희가 살아 있으면 내가 여러모로 곤란하거든. 국정원장도 말이야.

물론 망명하는 대상은 다르다.

국정원은 미국으로, 중국은 자국으로 생각하고 있을 것이다.

─아예 결판 짓고 가자고.

─간땡이가 부었군.

코웃음을 치는 국정원 요원. 어떻게 어중이떠중이를 모아서 저항하는 거라 생각했으니까.

─헛소리하지 말고 투항해. 그러면 목숨만은 살려 주지.

─헛소리는 네가 하는 거지. 내가 곱게 넘어갈 거라 생각했다면 오산이야.

노형진은 그들의 대화를 듣다가 힐끔 시계를 바라보았다.

"수다가 너무 길죠?"

"그러네요."

"그러면 이쯤에서 끝내죠."

노형진은 작은 버튼을 꺼내서 꾹 눌렀다.

그리고 그 순간 허공에서 '탕!' 하는 총소리가 울려 퍼졌다.

─내가 너희들은 모조리 지옥으로…… 크헉!

구정수가 갑자기 가슴에서 피를 뿜으면서 바닥에 쓰러졌다.

그러자 사방에서 총격이 시작되었다.

"총격이다! 쏴!"

당연히 중국 쪽 요원들은 구정수가 쓰러지자마자 대응을 하기 시작했다. 저격이라 생각했으니까.

그리고 중국 쪽 요원들이 총질을 하기 시작하자 국정원 요원들 역시 방탄 차량에 몸을 감추고 맞총질을 하기 시작했다.

"이미 죽은 사람에게는 관심이 없을 테고."

싸움은 길어지고 있었다.

그럴 수밖에 없는 게 국정원 요원들의 생각과 다르게 중국 쪽의 차량도 방탄 차량이니까.

"뻘짓은 그만하게 하죠."

한참 총격이 벌어지다가 좀 잠잠해지자 노형진이 말했다.

"그러지요."

노형진의 말에 요원은 고개를 끄덕거렸다.

"그런데 진짜 써도 됩니까?"

"됩니다. 이미 시청 쪽에 영화 촬영 허가를 받아 놨습니다."

노형진이 여기를 장소로 정하고 아무 생각 없이 온 게 아니다.

이미 이 지역에 영화 촬영 허가를 신청했다.

그리고 어렵지 않게 그 허가는 나왔다.

어차피 사람도, 무엇도 없는 허허벌판이니까.

"그러니 혹시나 누가 듣고 신고해도 아무도 안 올 겁니다."

노형진은 양쪽 다 방탄 차량을 끌고 올 거라 생각했다.

하지만 방탄 차량이라고 해서 전부가 아니다.

"양쪽으로 하나씩만 날리죠."

"그러죠."

CIA 요원은 무전으로 연락했고 잠시 후 하늘에서 미사일이 날아들었다.

최신 대전차미사일은 직선으로 날아가지 않는다.

이것이 법이다

그러면 위치를 추적하기 때문이다.

하늘로 올라갔던 미사일은 그대로 중국 쪽 방탄 차량을 박살을 내면서 주변에 기대어 사격하던 사람들을 그대로 폭사시켰다.

"미사일이다!"

저쪽에 미사일이 있는데 뭉쳐서 방탄 차량에 숨어 있으면 그건 자살행위다.

당연히 중국 요원들은 사방팔방으로 흩어졌다.

그러자 이때다 싶었던 국정원 요원들이 그들을 향해 사격했다.

쾅!

하지만 이내 국정원 쪽 요원들도 차량이 날아가면서 사방으로 흩어져서 서로를 향해서 총질을 재개했다.

"이쯤 되면 끝난 것 같지요?"

노형진은 총성이 멎은 바깥을 보면서 말했다.

"그럴 겁니다."

수십 분 동안 양쪽은 격한 총격전을 치렀다.

그렇다면 남은 총알은 없을 것이다.

설사 있다고 해도 많아 봐야 개인당 탄창 하나.

"이쯤에서 주워 드시죠. 아, 그리고 우리는 없는 겁니다. 아시죠?"

"그렇지요."

요원은 고개를 끄덕거리면서 무전기를 들었다.

그리고 바로 비트에서 완전무장 한 사람들이 쏟아지기 시작했다.

"꼼짝 마! 손들어!"

"움직이면 쏜다!"

방탄복에 방탄모와 방탄 마스크까지 쓴 사람들이 나타나자 중국 쪽이든 한국 쪽이든 결국 저항을 포기하고는 두 손을 들었다.

화력으로 상대할 대상이 아니거니와 화력도 없었으니까.

"모두 연행해!"

미국 측은 신이 났다.

중국 쪽 요원을 잡는 것은 쉬운 게 아니다.

그런데 한 번에 수십 명을 잡았다.

거기에다 혐의도 명백하다. 한국 쪽 요원을 공격했으니까.

"모조리 연행해 가!"

상황이 이렇게 되자 중국 요원들이 자살을 시도했지만 극히 일부만 성공했을 뿐, 대부분은 그 자리에서 체포당해서 꽁꽁 묶인 채로 실려 갔다.

노형진은 그들이 사라진 후에 따로 분류된 시체 주머니 쪽으로 가서 하나를 툭 발로 찼다.

"이제 나오셔도 됩니다."

"휴우."

구정수는 잽싸게 시체 주머니를 열고 바깥으로 나왔다.

"이 안은 익숙해지고 싶지 않네요."

"그러면 안 되죠."

"네, 안 되기는 하는데……."

구정수는 주변을 스윽 둘러봤다.

주변에 놓여 있는 시체 주머니의 숫자는 열 개 가까이 되었다.

양쪽 다 총격전 중에 사망한 사람들이다.

"잘한 짓인지 모르겠네요."

그 안에는 중국 요원도, 한국 요원도 있다.

그러니 기분이 좋을 수는 없었다.

"잘한 짓입니다."

어차피 중국 요원은 한국에서 정보를 빼낼 인간들이었고, 한국 요원들은 요원이라 부를 수도 없는 쓰레기일 테니까.

"이제 국정원은 난리가 나겠군요."

"중국 쪽도 난리가 나겠지요."

국정원 쪽은 미 정부가 항모 설계도를 핑계로 영혼까지 털어 낼 테고 중국 쪽은 이게 한국 정부, 아니 국정원장의 함정이라 생각해서 그를 노릴 것이다.

"위험한 게임이었습니다."

"하지만 할 만한 게임이었죠."

이번 사건으로 국정원은 한번 대대적인 청소를 하게 될 것이다.

"그리고 그 후에는 좀 더 깨끗해질 겁니다."

구정수는 고개를 끄덕거리면서도 얼굴에서 씁쓸한 표정을 감추지 못했다.

⚖

"역시나."

그렇게 총격전을 하고 사람이 죽어 나가고 폭음이 터지고 했지만 뉴스에서는 관련된 소식은 하나도 없었다.

'이야기할 수가 없겠지.'

그랬다가는 세 나라 다 욕먹을 수밖에 없으니까.

뉴스 속의 세상은 언제나처럼 똑같은 사건들을 이야기할 뿐이다.

단 하나 바뀐 것이 있다면 그건 한 생명의 운명이었다.

국정원장, 마티즈 안에서 자살

현 국정원장이 렌트한 마티즈 안에서 연탄불을 피우고 자살한 것으로 드러났다.

정부에서는 국정원장이 그간 주식으로 국정원 공금을 횡령했다가 다 날린 것을 비판하여……

현 국정원장의 자살.

중국에서도 그를 살려 둘 생각이 없고 한국에서도 그를 데리고 있을 수는 없는 상황.

미 정부도 그가 의심되는 상황에서 그를 살려 둘 리는 없으니까.

"결론은 그런 거지."

모든 죄를 뒤집어쓰고 그는 그렇게 공금횡령이라는 죄목으로 자살'당했'다.

"당분간은 국정원에서 난리가 나겠지만."

물론 그들이 조사하다 보면 노형진에 대해 알 수 있을지도 모른다.

아니, 알게 될 것이다.

하지만 상관없다.

어차피 국정원은 이미 개혁 단계에 들어갔으니까.

"과연 힘 빠진 정권이 얼마나 가는지 두고 보자고."

노형진은 뉴스에서 애도를 하는 아나운서를 보면서 차갑게 말했다.

인간의 입은 간사하다

"여기 맛집이라며?"

노형진은 가게에 들어가면서 손채림에게 물었다.

오랜만에 쉬는 날.

손채림이 맛있는 걸 사 달라고 징징거리기에 사 주겠다고 따라 나왔다.

그런데 손채림이 데리고 간 곳은 생각과 다르게 텅 비어 있었다.

"어, 이상하네? 보통은 줄 서서 먹는 곳인데?"

"진짜로? 전혀 그렇게 보이지 않는데?"

1시. 보통은 점심을 먹으러 온 사람들이 바글거려야 한다.

직장인들이 점심을 먹는 시간이 아니기에 맛집이라고 하

면 이 시간에 데이트하는 사람들이나 주민들이 와야 하는데.

"우리밖에 없는데? 아니네. 한 커플이 더 있기는 하네."

그런데 맛집으로는 보이지 않는다.

"분명 맛집 맞아. 프랑스 정통 요리라고."

"너는 프랑스에 가서 먹으면 되는 걸 왜 여기를 오자고 한 거야?"

아스가르드의 비행 노선에는 분명 프랑스가 포함되어 있으니까 먹고 싶으면 프랑스에 가면 된다.

"프랑스 진짜 맛집들은 못해도 세 달은 기다려야 해."

"그래?"

"그래, 그런데 여기 셰프가 프랑스에서 제대로 배운 사람이라고 들었어. 미슐랭 3성급 호텔에서 제대로 배웠다던데?"

"흠?"

노형진은 다시 한번 식당을 바라보았다.

'그러면 손님이 좀 있어야 하는데.'

그런데 아무리 봐도 손님이 없다.

"일단은 먹어 보자."

맛이 없으면 다음에 안 오면 그만이다.

노형진은 자리에 앉아서 주문했고, 잠시 후 순차적으로 코스 메뉴가 나오기 시작했다.

"진짜 맛있는데?"

노형진은 음식들을 먹으면서 살짝 놀랐다.

사실 정통 프랑스 코스 요리를 표방하는 곳들은 한두 곳이 아니다.

　하지만 그게 말로만 정통이지 진짜 정통 스타일을 찾는 것은 쉬운 일이 아니다.

　"여기 진짜 프랑스 정통 스타일 코스 맞네."

　미국에도 유명한 맛집은 많다.

　그리고 노형진은 그런 곳에서 먹어 본 기억이 있다.

　그런데 이곳은 당장 그런 곳에 비교해도 결코 부족함이 없는 요리였다.

　"진짜 맛있다."

　"의외네? 이런 맛집이 소문이 안 날 리가 없는데. 아니지, 너 소문 들었다고 했지? 그러면 손님이 이렇게 없을 리가 없는데."

　그런데 아무리 봐도 손님은 안 보인다.

　"전에 내가 들었을 때는 예약만 2주 걸린다고 했거든."

　"설마 예약도 없이 온 거냐?"

　"전화해 보니 예약이 필요 없다고 해서."

　"그래? 이상하네."

　충격적인 사건이 있기 전에는 식당의 손님이 그렇게 급격하게 떨어지는 경우는 드물다.

　'식중독이 터져도 이 정도로 손님이 떨어지지는 않는데.'

　그리고 노형진은 음식을 보면서 고개를 갸웃했다.

음식의 질은 단순 조리뿐만 아니라 음식을 만드는 재료의 질이나 관리 상태에 따라서도 변한다.

지금 그에게 나온 요리는 무척이나 신경을 쓴 것이었다.

한데 이런 요리를 만드는 사람이 음식 관리를 잘못해서 식중독 같은 게 터진다?

'그건 말도 안 되지.'

더군다나 미슐랭 스타 레스토랑에서 배운 사람이라면 그 깐깐함은 이루 말할 수 없을 것이다.

그런데 그런 사람이 음식 관리를 잘못할 리가 없다.

"어? 이상한데?"

손채림은 혹시나 해서 핸드폰으로 식당의 이름을 검색했다.

그리고 검색 결과를 보고는 고개를 갸웃했다.

"왜?"

"아니, 전하고 평이 너무 바뀌어서."

"응?"

"평이 전에는 호평 일색이었는데 지금은 악평으로 가득하네. 뭐지? 진짜 맛이 바뀐 건가?"

손채림은 살짝 당황했다.

"그럴 리가 없지."

어찌 되었건 손채림은 어려서부터 비싼 걸 먹으며 자란 금수저 출신인 데다 아스가르드의 운행을 전담하게 되면서 자연스럽게 전 세계의 미식을 다 먹고 다니고 있었다.

이것이 삶이다

그런 그녀가 맛있다고 하는데 갑자기 욕을 먹을 리가 없다.

"잠깐만, 나도 보자."

노형진은 그녀의 손에서 핸드폰을 건네받아서 평을 읽기 시작했다.

"음식이라기보다는 하수구에서 건져 올린 찌꺼기라고?"

노형진은 음식 평론가가 올린 평가를 보며 눈을 찌푸렸다.

"아무리 그래도 이건 좀 과한데?"

물론 음식을 평하는 사람들이 과한 평을 하는 경우가 많기는 하다.

하지만 그래도 그렇지, 이 정도 음식이 하수구에서 건져 올린 찌꺼기라니?

"다른 것도 마찬가지야. 이 정도 재료로 이 정도 음식을 만든다는 것은 재료에 대한 모독이래."

전반적으로 평이 엄청나게 박했다.

"음식 평론가들이 대부분 평가가 박하네."

"그렇지?"

"블로그 광고는 거의 없고."

"할 필요가 없잖아?"

"그건 그렇지."

한 끼에 24만 원이나 하는 고가의 코스 라인이다.

그런 건 블로그 광고를 해 봐야 그다지 효과도 없고 싼 티만 난다.

"그런데 아무리 그래도 너무 차이가 심한데?"

물론 블로그 광고를 하지 않는다고 해서 여기서 먹어 보지 않고 글을 쓴 사람은 없다.

"완전 상반되었는데?"

그런데 그 기호가 상당히 다르다.

대중의 기호도를 보면 상당한 호평이다.

그런데 소위 전문가, 노형진의 표현을 빌리자면 '좆문가'들의 평은 극악한 악평.

"악평이 너무 많아. 이상하네."

음식의 질은 절대 이런 악평을 받을 정도가 아니었다.

"잠깐만."

노형진은 혹시나 하는 생각이 들었다.

이런 패턴을 어디서 본 적이 있기 때문이다.

"대부분의 평가가 최근에 이루어졌네."

"뭐? 어, 그러네? 모두 최근 3개월 사이에 이루어진 평가들이네."

손채림도 평가들을 보고 눈을 살짝 찡그렸다.

노형진은 그 패턴을 보고 한숨이 절로 나왔다.

"당했네."

"당했다고?"

"그래, 이 패턴은 상대방을 말려 죽이려고 덤비는 거야."

"아니, 어째서? 이유가 없잖아?"

"글쎄, 이유는 모르지."

없지는 않다.

찾아보면 뭐든 나온다.

"문제는 질인데."

파워 블로거도 아니고 사회에서 인정을 받은 음식 평론가들이다. 그들이 동시에 이 정도 악평을 쏟아 내는 것이 일반적인 경우는 아니다.

"그러면 누군가에게 사주를 받았다는 건데."

하지만 그런 사람들에게 동시에 사주를 할 정도의 능력을 가진 사람은 그다지 많지 않다.

"그래? 누굴까?"

"글쎄, 나도 궁금해지는데."

노형진은 살짝 웃었다.

"너 지금 이 사건 맡으려는 거지?"

"재미있잖아? 그리고 이런 사건 은근 많거든."

"그래?"

"그래, 다만 이게 규모가 좀 클 뿐이지."

보통은 파워 블로거를 이용해서 상대방을 씹지 평론가까지 동원한다는 건 절대 쉬운 일이 아니다.

"그걸 잘 알 만한 사람이 있을 것 같은데."

노형진은 웨이터를 불렀다.

"무엇을 도와드릴까요?"

"혹시 여기 주방장분을 뵐 수 있을까요?"

"음식에 이상이 있나요?"

"아니요. 여쭤보고 싶은 게 있어서요."

"잠시만 기다려 주십시오."

직원은 양해를 구하고 자리를 떠났고, 잠시 후 고집스럽게 생긴 40대 초반의 여성이 나타났다.

"저를 보자고 하셨다고요?"

"네, 음식을 잘 먹었습니다. 아주 맛있었습니다."

"감사합니다."

살짝 걱정하는 표정이던 그녀는 노형진의 칭찬에 안도의 미소를 띠었다.

"그런데 말이죠, 인터넷에서 이상한 평을 봐서요."

"그런 건 신경 쓰지 않는답니다. 요리 자체가 중요하다고 생각해서요."

당당하게 말하는 그녀를 보고 노형진은 속으로 한숨을 쉬었다.

'내 이럴 줄 알았다.'

요리를 잘한다고 해서 사업을 잘하는 게 아니다.

농구를 잘한다고 해서 감독을 잘하는 게 아니듯 말이다.

'요리에 자부심은 가져도 되지만 말이지.'

하지만 그게 과해서 문제인 경우가 있다.

사업의 영역은 요리와는 전혀 상관이 없으니까.

"사실은 이런 사람입니다."

노형진은 자신의 명함을 내밀었다.

그리고 고개를 들어서 주방장을 바라보았다.

"죄송합니다만 혹시 사장까지 겸직하고 계신가요?"

"네, 그렇습니다. 그런데 변호사님이 왜……?"

"아, 그게 말이죠."

안 봐도 뻔하다.

이런 일이 터질 때 그녀는 더 좋은 요리로 대응하는 방법을 선택했을 것이다.

하지만 세상은 광고로 돌아가는 곳이다.

그런 그녀의 선택은 결국 무대응일 뿐이고, 악평은 점점 더 많아질 수밖에 없고 매출은 줄어들 수밖에 없다.

"이 상황이 누군가 고의적으로 하는 것 같아서 말입니다."

"고의적으로요?"

"네, 고의적으로 이곳을 망하게 하려고 하는 것 같습니다."

"그럴 리가요. 저는 원한을 살 만한 일을 한 적이 없습니다."

"그럴 거라고 예상합니다만 꼭 요리 때문에 원한을 사는 건 아니거든요."

프로방스의 언덕, 이 가게의 이름이다.

제법 유명한 프랑스식 코스 요리를 내놓는 곳이기도 하고 말이다.

'그리고 보통 이런 곳이 공격받는 건 다른 이유 때문이지.'

그녀에게 원한이 없지는 않을 것이다.

이런 사람들은 요리에 관해서는 깐깐하니 그 아래에서 배우던 사람이나 일하던 사람이 원한을 가지기 쉽다.

'하지만 그들은 이 정도 일을 벌일 수 있는 능력이 없어.'

그러면 남은 건 다른 것.

능력과 돈이 되는 사람이 저지르는 것뿐이다.

그리고 그런 경우 가장 의심스러운 것은 다름 아닌 경쟁 상대, 그것도 규모가 좀 있는 경쟁 상대다.

"혹시 이 근처에 경쟁사가 생겼습니까?"

"경쟁사라고 하시면?"

"정통 프랑스 요리를 추구하는 곳 말입니다."

프랑스 정통 요리는 흔하게 접할 수 있는 게 아니다.

그런데 이 근처에 생겼다면 치열한 경쟁을 할 수밖에 없다.

"음…… 아그네스라는 곳이 생겼어요."

"아그네스?"

"네, 하지만 딱히 경쟁 상대로 여겨지지는 않던데요."

"드셔 보셨군요."

"네. 하지만 질이 많이 떨어지더군요."

자신 있게 말하는 요리사를 보면서 노형진은 한숨을 푹 쉬었다.

'전형적인 외골수구먼.'

이런 사람들은 자신이 정성을 다해서 생활하면 사태가 해결될 거라 생각한다.

하지만 사회는 그런 곳이 아니다. 사회라는 곳은 도리어 자신의 일을 묵묵히 하는 사람들이 손해 보는 구조다.

심할 때는 일은 자기가 하고 그 실적은 남이 빼앗아 가기도 한다.

"하지만 그곳은 홍보를 하고 여기는 홍보를 안 하죠."

"그건……."

"그리고 여기는 악평이 넘치고 거기는 악평이 없고요."

"……."

"제가 어지간하면 끼어들지 않겠습니다만, 너무 안타까워서 드리는 말씀입니다. 지금이라도 대응을 하셔야 합니다."

"대응이라니요?"

"허위 사실에 대해 대응을 하셔야지요."

"하지만 어떻게요?"

평생을 요리 하나만을 바라보고 살았던 사람이다.

그런 사람은 법률적 싸움에 익숙하지 않다.

"거기에다가 제가 한국 법은 잘 몰라서요."

"네?"

"제가 한국에 돌아온 지 5년밖에 안되어서요."

대학을 졸업하고 풍운의 뜻을 안고 프랑스로 가서 요리를 배웠다.

그리고 그곳에서 유학 온 남편을 만나서 아이를 낳고 충분히 배웠다고 생각해서 한국에 와서 가게를 차렸다.

"혹시 남편이 같이 요리하십니까?"

"네."

답이 안 보이는 상황이었다.

끼리끼리 만난다는 말처럼 저 여자가 요리 외골수라면, 같은 직업으로 만난 사람 역시 같은 성향을 가졌을 가능성이 높다.

"그러면 잘 모르시겠군요."

노형진은 그녀에게 한국에서 벌어지는 방식에 대해 충분하게 설명을 해 줬다.

"그러니까 경쟁이 치열한 곳은 가짜 평론으로 밟아 버린다고요?"

"네. 그 아그네스라는 곳이 가장 의심스럽습니다."

"하지만 왜요? 저희는 코스 요리 전문점이에요."

아무리 손님을 많이 받는다고 해도 한 끼당 소요 시간이 길기 때문에 커버할 수 있는 손님에는 한계가 있다.

그래서 가격이 높은 것이고.

당연히 손님이 아무리 와도 감당이 안 된다.

실제로 과거에는 예약만 2주를 기다려야 했다.

"저희 때문에 손님을 놓칠 가능성은 별로 없는데요."

"일반적인 경우라면 그렇지요."

일반적으로 상대방 손님을 빼앗아 오기 위해 그런 행동을 한다. 하지만 그 정도 규모가 되는 곳이 그런 치졸한 이유로

이것이 법이다

영업할 리가 없다.

"제가 봐서는 다른 이유가 있을 것 같습니다만."

"다른 이유? 그런 게 도대체 뭔가……."

"글쎄요."

그사이 손채림은 잽싸게 아그네스라는 식당을 검색했다.

"난 알 것 같은데?"

"왜?"

"확실히 여기 정통 프랑스 요리를 추구한다고 되어 있어."

"뭐?"

홈페이지에 들어가 보니 적혀 있는 문구다.

"그리고 여기 보니까 두한 계열사인데?"

"두한?"

"응. 요즘 기업들이 이런 곳까지 진출하잖아."

"끄응…… 이런, 이런."

노형진은 대충 상황이 이해가 갔다.

"그래서 이런 짓을 벌인 거군요."

"전 이해가 안 가는데요?"

주방장은 어리둥절했다. 그들이 정통을 추구하는 것과 자신과 무슨 관련이 있단 말인가?

"거기에다 식당이 가까운 것도 아닌데요."

"그건 상관없는 일입니다."

"그러면 저를 왜 공격하는데요?"

노형진은 간단하게 말해 주기로 했다.

복잡하게 이야기해 봐야 말만 길어지니까.

"이들은 정통 프랑스식 요리를 추구합니다. 그런데 여기 근처에 프랑스 정통 요리 식당이 있네요. 그것도 아주 제대로 배운."

"그런데요?"

"간단하게 생각해 보세요. 떡볶이집에서 한정식집을 표방하면 사람들이 뭐라고 할까요?"

"네?"

"아니, 그건 좀 다르군요. 분식집에서 한정식이라고 주장하는 게 맞겠군요."

"아…….."

두한이 끼어들었다는 것.

그들이 소소하게 먹고살겠다고 가게를 연 것은 아닐 테니 분명 체인화를 시도할 것이다.

그리고 정통 프랑스 요리라고 홍보할 것이다.

"근데 강력한 비교 대상이 옆에 있네요."

체인화되는 식당에서 주방장, 그러니까 셰프가 전국을 다 커버할 수는 없으니 지역별로 다 주방장을 둬야 하는데 정통 스타일로 프랑스까지 가서 배워 온 요리사가 그렇게 흔하지는 않다.

당연하게도 한국에서 배운 요리사를 대충 써야 하는데 그 정도 퀄리티를 가진 요리사는 흔하지 않고, 설사 있다고 해도 당연히 겁나게 비싸다.

"체인점의 특성은 모든 지점이 같은 맛이라는 거죠."

결국 자기들이 훈련시켜서 내보내야 한다는 건데, 그럼 그 퀄리티는 뻔하다.

그나마도 현장에서 만들면 다행이다.

소스는 당연히 공장에서 나온 같은 걸 쓰게 될 텐데, 거기에는 분명 데워서 쓰기만 하는 레토르트가 제법 포함될 것이다.

그래야 맛이 균일해지니까.

"이런 상황에서 진짜 정통 프랑스 요리 전문점과 비교되면 이미지가 어떻게 될까요?"

여기서 먹어 본 사람들 입장에서는 분식집에서 나오는 음식보고 한정식이라고 주장하는 꼴밖에 안 된다.

"장기적으로는 이미지가 개판이 되겠지요."

누가 정통 프랑스 요리라는 말을 믿겠는가?

"보통 프랑스에서 요리를 배우는 기간은 길어 봐야 3년에서 4년입니다. 그런데 보아하니 주인분은 못해도 15년 이상 배우신 것 같은데요."

"18년 배웠어요."

"그렇다면 그 수준 차이가 얼마나 날까요?"

두한 입장에서는 그 수준 차이를 따라잡을 방법이 없다.

"그러면 가장 좋은 방법은 어떤 거겠습니까?"

자신들이 데리고 있는 요리사의 퀄리티를 높이는 것이 편할까, 아니면 그 비교 대상이 되는 작은 가게 하나 망하게 하는 게 편할까?

"답은 나와 있지요."

그 말에 요리사는 얼굴이 사색이 되었다.

다른 곳도 아닌 두한이 자신을 노린다고는 생각도 못 했기 때문이다.

"모르셨습니까?"

"애초에 두한 가게인 줄도 몰랐어요."

"하긴, 요즘 대기업들이 골목 상권에 진출할 때 이름을 안 걸기는 하죠."

찾아보면 나오기는 하지만 골목 상권에 대기업이 진출하자 상권 잡아먹기라고 욕을 먹어서 이름을 안 건다.

'눈 가리고 아웅이지.'

이름은 안 걸지언정 결국 대기업들의 진출은 당연한 거고, 대기업을 작은 기업들이 이길 수는 없다.

"아니, 아무리 그래도 그렇지 이런 곳을 망하게 하겠다고 덤빈다고?"

손채림은 이해가 가지 않았다.

어찌 되었건 거대한 기업이 아닌가?

"거대한 기업이 바를 거라는 생각은 버려. 도리어 돈만 된다면 밀수도 하는 게 거대 기업이야."

"뭐?"

"거대 기업이 밀수를 안 할 것 같아?"

한다.

물론 그걸 팔거나 하지는 않는다.

하지만 그건 그대로 회장 일가의 금고로 조용히 들어간다.

'내가 그런 곳을 한번 털었지.'

그 보물들은 지금도 한구석에 조용히 있다.

그걸 팔기에는 너무 위험하니까.

"중요한 건 일단 저들의 먹잇감이 된 이상 쉽게 포기하지는 않을 거라는 거야. 저들 입장에서는 중요한 일이니까."

비교 대상이 없어야 저들이 업계 표준이 된다.

'머리 좋네. 잘 썼어.'

사실 대부분의 사람들은 미묘한 맛의 차이를 잘 모른다.

그저 맛있다 맛없다 정도만 느낄 뿐이다.

'자기들이 표준을 만들면 자기들이 맛있는 기준이 되는 거지.'

그러면 '프랑스 요리=아그네스'라는 이미지가 생길 테니 적지 않은 돈을 벌 것이다.

"그러면 제가 의뢰를 해야 하나요?"

주방장은 걱정스러운 얼굴이 되었다. 요리만 잘하면 이겨 낼 수 있을 거라 생각했는데 이겨 내기는커녕 목숨을 부지하기도 힘든 상황이라는 걸 알아차린 것이다.

"의뢰를 해 주신다면야 받아들이기는 하겠지만 그래도 소송은 힘들 겁니다."

"네? 그게 무슨 말씀이세요?"

노형진의 말에 주방장은 당황했다.

"허위 사실 유포 같은 거 안 되나요?"

"그게 문제입니다."

저들이 이런 방식을 쓰는 데에는 이유가 있다.

"대기업입니다. 두한 정도 되는 기업의 공격 방법이 왜 이렇게 치졸하겠습니까? 사실 자금으로 찍어 누르기를 시작하면 저항도 제대로 못 하고 사라질 텐데."

"그건……."

"이쪽에서 알아차리는 걸 예상하기 때문입니다."

"알았다고요?"

"네."

이쪽에서 알아차리고 그걸로 소송을 하거나 언론 플레이를 하면 욕먹는 건 두한이다.

그런 만큼 그들은 자신들을 감춰야 한다.

"그런데 이 평론가들은 전혀 드러나지 않지요. 결정적으로 그들의 입장이 명예훼손이나 허위 사실 유포가 성립하기 힘들다는 겁니다."

"어째서요?"

"허위 사실은 명백하게 가짜를 이야기해야 합니다. 그런데 이 경우에 가짜가 뭐가 있습니까?"

"우리 집 음식이 맛없다는 건 가짜잖아요."

"그게 문제죠. 그건 가짜가 아닙니다. 개인적 의견이지.

입맛이라는 것은 개개인에 따라 달라지는 거니까요."

개인적 의견은 허위 사실이 되지 않는다.

당연히 허위 사실 유포로 인한 명예훼손은 성립하지 않는다.

"그러면 명예훼손이 되어야 하는데 과연 그게 성립될까요?"

음식점을 할 때 평론은 각오해야 하는 부분이다.

그런데 맛없다고 했다고 명예훼손이 성립한다고 볼 수는 없다. 개개인의 입맛에 맞지 않는다는 것이 명예를 훼손한 거라고 볼 수는 없으니까.

"그러면 사실 적시에 의한 명예훼손이 성립해야 하는데 그 경우는 뭐가 문제인지 아시죠?"

사실 적시에 의한 명예훼손으로 고발을 넣으면 대놓고 우리 음식은 맛없다고 우리가 인정하는 꼴이 된다.

"평론가들의 직업적 특성이 법률계에서는 아직 명확하게 정의되지 않은 부분이 있습니다."

그리고 개인적 주장에 대해서는, 법률계에서 헌법에 근거해서 상당히 폭넓게 보호하는 성향이 있다.

"결론적으로 말해서 소송해도 이길 수는 없다는 거죠."

그 말에 안색이 창백하게 변하는 주방장.

"그리고 이긴다고 해도 말이죠, 소송을 하는 당사자들에게 있어서 그건 별 의미가 없습니다."

이긴다고 해서 그들이 말을 바꾸지는 않을 것이다.

당연히 자기 말만 취소하면 그만이다. 그런데 지금 악평을 날린 자칭 평론가들은 무려 서른 명 가까이 된다.

"결국 소송을 통해 각각 싸워야 합니다. 각각 이야기하는 거니까."

"그러면⋯⋯."

"서른 건의 소송. 그들이 쉽게 인정하지는 않을 테고 항소까지 생각해야 할 테니 그걸 최소한 2년 이상 유지해야 합니다. 그럴 능력이 되시나요?"

"⋯⋯."

될 리가 없다.

그리고 일이 그쯤 되면 다른 공격도 들어올 것이 뻔하다.

그들이 소송 중인 가게에 좋게 이야기하지는 않을 테니까.

"결과적으로 이긴다고 쳐도, 그걸 어떻게 알리실 건가요?"

지금이야 두한에서 밀어주고 퍼 날라 주고 해서 이슈가 된 것뿐이지 평론가라고 해서 이렇게 매일같이 이슈가 되는 것은 아니다.

"그리고 진다고 해도 결국 결론은 여기 음식이 평론가의 입에 맞지 않았다 정도일 뿐이죠."

즉, 여기에 씌워진 맛없는 식당이라는 이미지는 없앨 방법이 없다.

"그럴 수가."

주방장은 휘청거리면서 테이블을 잡았다.

자신이 생각하는 것 이상으로 이 모든 문제가 심각하다는 걸 알아차린 것이다.

"물론 방법이 없는 건 아닙니다."

"방법이 있어요?"

"네, 당신의 과거가 지금의 당신을 도와줄 겁니다. 물론 당신이 제대로 살아왔다면요."

노형진의 말에 손채림은 또 시작했다는 표정으로 노형진을 물끄러미 바라보았다.

"과거가 현재를 도와준다라……. 틀린 말은 아니네."

노형진은 일단 가게를 쉬게 했다. 어차피 가게를 계속하고 있어 봐야 적자 폭만 커지고 공격은 계속 들어올 테니까.

"두한 놈들은 음험하거든. 절대로 법으로 싸워서 이길 수 있게 상대방을 그냥 두지는 않아."

노형진에게 암살 작전을 실행할 때도 그랬다.

그들은 절대 자기들이 걸리지 않게 조심해서 움직인다.

"설사 걸린다고 해도 문제가 안 되도록 하지. 쉽게 말해서 과거에 범죄를 구성해 주던 청계 같은 놈들이야. 다른 점은 그들은 외부에 로펌으로 뭉쳐 있었지만 그들은 두한 아래서 전략 기획실이라는 이름으로 뭉쳐 있다는 거지."

"음……."

좋게 말하면 전략. 나쁘게 말하면 합법적인 약탈의 방법.

"나도 끝까지 돕고 싶은데 말이지."

손채림은 안타깝다는 표정이 되었다.

그럴 수밖에 없는 게 자신은 이제 로펌 소속이 아니다.

그러니 이번 사건은 도와주고 싶어도 도와줄 자격이 없다.

"아니, 이번에도 네가 도와줄 게 있어."

"내가 도와줄 게 있다고?"

"그래."

"어떤 걸 도와 달라는 거야? 내가 조언이야 해 줄 수 있지만 그게 너한테 필요할 것 같지는 않은데?"

"그거 말고, 전 유럽과 미국을 돌면서 요리사들을 공수해 줘."

"뭐?"

노형진의 말에 손채림은 고개를 갸웃했다.

갑자기 요리사라니?

"주인 부부한테 요리사를 데리고 오라고 했잖아?"

"하기는 했지. 하지만 과연 요리사가 쉽게 올지는 알 수가 없어."

다른 곳도 아니고 미슐랭 스리 스타에 빛나는 식당이다.

그곳의 메인 셰프가 과거에 자신에게 배웠다는 이유 하나만으로 도와주기 위해 여기까지 오리라는 법은 없다.

"그리고 제대로 상대방과 싸우기 위해서는 이쪽도 충분한 준비를 해야지."

"돈이 많이 들 것 같은데? 그리고 요리사들이 아스가르드에 순순히 타진 않을 것 같은데."

"핑계를 만들면 되는 거지."

"핑계?"

"그래, 가령 한국에서 미슐랭 대전 같은 걸 한다는 식으로 말이야."

"우와, 피 터지겠는데?"

요리사라고 해서 호승심이 없는 게 아니다.

당연히 다른 미슐랭 요리사들과 만나 보고 싶어 한다.

"하지만 그게 쉬운 건 아니지."

일단 미슐랭 스리 스타에 올라가면 기본 예약은 월 단위로 끊어지니까. 그러니 시간을 내서 오는 게 쉽지 않다.

"하지만 그들이 한국에 모여 일종의 학회 같은 걸 연다고 하면 아마 적지 않게 올걸. 그걸 대룡에 이야기하면 지원도 좀 나올 테고."

핑계는 많다. 실제로 전 세계 전문가들이 모여서 하는 컨벤션은 자주 있는 편이다.

요리사는 그 특성상 그다지 많지 않지만 말이다.

"아스가르드를 동원해서 나른다면 아마 생각보다 더 많은 사람이 오겠지."

"그런데 그렇게 해서 네게 남는 게 뭐야?"

"글쎄."

노형진은 어깨를 으쓱했다.

사실 그런다고 해서 노형진에게 남는 것은 없다.

사실 적자다. 그것도 명백한 적자.

'복수라고 해 두지, 뭐.'

물론 복수가 목적이긴 하다.

회귀 전에는 노형진을 살해했고, 이번 생에서는 노형진을 죽이기 위해 킬러까지 고용했던 놈들이다.

'내가 그냥 넘어갈 수는 없지.'

돈만 바라보고 일을 하는 시점은 아니까.

장기적으로 두한이 힘이 빠져야 그가 상대하기가 편해진다.

"돈보다는 정의?"

"지금까지 네가 한 어떤 말보다는 개소리인 것 같기는 한데."

손채림은 고개를 끄덕거렸다.

"네가 말한 대로 요리사들을 데리고 올게. 그리고 그들이 필요하다고 하는 원재료 역시 마찬가지로 가지고 와야겠지?"

"역시. 아, 진짜 재고용하고 싶다."

말해도 못 알아 처먹는 오광훈과 비교되는 손채림을 보면서 노형진은 저절로 한숨이 나왔다.

"내가 좀 많이 잘나긴 했지, 오호호호."

그녀는 웃으며 말했지만 한편으로는 이번 사건이 얼마나 커질지 걱정되기도 했다.

"잘 해결되면 좋겠는데 말이지."

"잘 해결되지는 않을 거야. 아마 여럿 밥줄 끊어지겠지."

"그 여럿이 요리사 쪽은 아닐 것 같네."

노형진은 그 말에 그저 웃고 말았다.

입이냐, 주둥이냐?

　프로방스의 언덕의 주인인 채영지는 손을 바들바들 떨었다.

　인터넷에 신랄하다 못해서 잔인하기까지 한 평이 올라왔기 때문이다.

　프로방스의 언덕에서 나오는 프랑스 요리를 먹고 나면 눈앞에 보이는 것은 진짜 프로방스의 언덕이 아니라 거기에 모여 있는 난민들이다.

　모여서 있는 대로, 닥치는 대로 먹어 치우는 난민들.

　그만큼 음식의 질이 낮다는 뜻이다.

　프랑스의 감성을 이야기한다고 하지만 디자인만 프랑스 느낌 나게 해서는 안 된다.

하지만 그곳은 디자인마저도 프랑스 스타일이 아니고 요리는 더더욱 아니다.

주인 스스로가 프랑스에서 18년간 요리를 배웠다고 들었는데, 재능이 없는 자가 프랑스에서 18년간 요리를 배운다고 해서 그가 심오하기 그지없는 프랑스 요리를 과연 감당할 수 있을까 하는 의문이 든다.

옛날 속담에 서당 개 3년이면 풍월을 읊는다고도 했고 1만 시간을 투자하면 누구나 성공한다는 말도 있지만, 프로방스의 언덕에서 보여 준 퀄리티는 그 두 개의 말이 다 맞는 말은 아니라는 것을 보여 준다.

그걸 보면서 부들부들 떠는 채영지.

"어떠십니까? 동의하십니까?"

"아니, 내가 뭘 어쨌다고 이러는 거예요?"

심지어 최근에는 영업도 하지 않았다.

노형진의 말대로 프랑스에 계신 스승님에게 도움을 요청하기 위해 나가 있었다.

그런데 그사이에 이런 비평, 아니 악평이 올라오다니

"기회라고 생각한 거죠."

노형진은 차분하게 말했다.

"채영지 씨가 프랑스로 간 걸 보고 아마도 더 이상 버티기 힘들어한다고 생각할 겁니다. 그러니 더욱 악랄하게 물어뜯

으려고 하는 거고요."

"너무하네요! 난 그냥 요리가 좋아서, 그래서 최선을 다한 것뿐인데!"

노형진은 그런 그녀를 보면서 안타깝게 말했다.

"애석하게도 한국의 대기업들은 남에게 맞춰 주는 게 익숙하지 않습니다. 외국의 기업들처럼 개혁이나 새로운 뭔가를 개발하는 데는 그다지 익숙하지 않지요. 대표적인 게 스마트폰이지요."

스마트폰을 만든 와이플.

그들이 네 번째 버전을 내놓을 때까지 한국은 철저하게 스마트폰을 불법으로 취급했다.

"개발할 자신이 없으니까요."

지금이야 한국이 스마트폰 강국이라고 이야기하지만, 그건 어디까지나 스마트폰을 잘 만드는 거지 스마트폰 같은 개념을 만들어 낸 게 아니다.

"그건 바람에서도 드러나죠."

"바람은 뭔데요?"

"스마트폰의 운영 어플입니다."

다른 곳에서 만든 운영 시스템을 쓰기 싫다며 독자적인 운영 시스템을 만들겠다면서 대기업에서 만든 운영체제인 바람.

·물론 운영체제 자체로는 나쁜 건 아니었다.

돈이 무려 1,200억이 들어갔으니까.

"문제는 그걸 만든 사람들의 마인드죠."

운영체제를 만들 때 중요한 건 그 시스템이 아니다.

그걸 지원하는 지원 프로그램들이다.

"정작 그들은 그걸 개발하면서 그 기술을 외부에 유출하지 않았습니다."

그랬다가는 복제될 수 있다는 생각을 한 것이다.

"문제는 그 이후죠."

바람이 완성되고 그걸 깐 스마트폰이 나왔다.

하지만 그건 팔리지 않았다.

팔릴 수가 없다.

그 운영체제를 지원하는 어플이 없으니까.

"관련 프로그램을 만드는 사람에게는 기본 소스를 풀어야 합니다. 그래야 운영 지원을 할 수 있죠."

다른 곳은 그래서 그 프로그램 지원을 쉽게 할 수 있게 해 놨다.

하지만 바람은 그 지원이 너무 약했다.

심지어 전문가들도 뭐만 만들어서 적용하면 버그로 스마트폰이 멈춰 버렸다.

"그래서 버려진 운영체제입니다."

"그런가요?"

"네."

뭔가를 개발할 때 그걸 나누고 의견을 듣는 게 아니라 '나

는 이렇게 만들었으니 거기에 맞춰서 네가 만들어라.'라고
해 버리는 것이다.

최대한 다루기 쉽게 만들어서 '이걸 기반으로 뭐든 만드세
요.'라고 하는 시스템이 아닌 것.

"지금도 마찬가지입니다. 저들은 정통 프랑스 요리를 주장
하지만 정작 저들이 파는 건 정통 프랑스 요리가 아닙니다."

그저 사람들에게 한국에서 프랑스 요리 기준은 우리니까
우리에게 맞춰라 그러고 있을 뿐이다.

"하지만 제가 어떻게 그들을 이겨요?"

"오해하셨군요. 우리가 싸울 대상은 두한이 아닙니다."

"네?"

"싸울 대상은 두한이 아닙니다. 공식적으로 이 사건에서
두한은 드러나지 않았으니까요."

이쪽에서 먼저 두한에게 싸움을 걸면 두한은 정당하게 이
쪽을 공격할 명분을 얻게 된다.

"우리가 싸울 대상은 평론가들입니다."

"평론가들요?"

"네, 평론가들요. 사실 이런 작업은 일종의 하청입니다."

"하청이라고 하시면?"

"문제가 생겨도 두한이 책임지는 게 아닌 거죠."

오로지 평론가들이 책임진다.

그 대신에 두한은 평론가들에게 몰래 돈을 주는 것이다.

"그 부분을 저는 노리고 있습니다."

"어떻게요?"

"이거죠."

노형진은 명함 하나를 꺼내 들었다.

그걸 본 채영지는 아리송한 표정이 되었다.

"한국 미슐랭 컨소시엄? 이게 뭐죠?"

"한국에서 미슐랭 스타 요리사들이 모여서 여는 컨소시엄입니다. 일종의 학술회의죠."

"그런 게 있어요?"

"없죠."

사실 이런 요리 세계에서 새로운 기술은 중요한 기밀에 속한다.

의학계에서는 그걸 가지고 사람을 살리지만 요리계에서는 자신의 스킬이 새어 나가는 셈이니까.

그래서 컨소시엄이 그다지 활성화되어 있지 않다.

"그런데 이건 뭐죠?"

"공식적으로는 요리 협력이지만 대놓고 말해서 미슐랭 가이드 요리사들이 한국의 식당들을 찾아가는 겁니다."

"한국의 식당이라고 하면……?"

"주제가 한국 음식의 세계화인 거죠."

그들과 함께 한국의 정통 요리를 개조하여 세계화하는 것이 이번 학회의 목적이다.

"그건 공식적인 거고요."

"공식적이라고 하면?"

"뭐, 좋게 말해서 일종의 복수입니다. 사실은 요리사분들에게 이미 사정을 설명했습니다."

그 말에 채영지는 얼굴이 붉어졌다.

자신의 상황이 좋지 않다는 걸 대놓고 말한 셈이니까.

"대부분 그 일에 대해 크게 분노해 주시더군요."

"그럴 거예요. 실력이 뛰어난 요리사라고 하지만 돈이 어디 있겠어요?"

세계적인 요리사로 성장하는 과정에서 한 번 이상은 사기꾼들과 엮이는 게 요리사다.

좋게 말해서 투자라고 입에 발린 소리를 하지만 현실적으로 그 안을 보면 투자보다는 착취를 하는 구조인 경우가 대부분이다.

"그래서 저희가 뭔가를 요청했을 때 그분들이 기꺼이 도와주겠다고 하셨습니다. 특히 프랑스 분들은 극도로 분노하시더군요."

"제 스승님도 그래서 도와주신다고 오신다고는 했어요."

프랑스의 요리사들에게 요리란 단순히 끼니를 때우는 게 아니다.

그들에게 있어서 요리란 예술이고, 자신들은 예술가다.

미슐랭이 가치를 가지는 것은 그게 단순히 맛있는 집에 대한 평가가 아니기 때문이다.

손님이 들어오는 순간부터 나가는 순간까지 미슐랭의 심사관들은 직원의 응대부터 계산까지 모든 걸 감안한다.

"프랑스에 대한 모독이라고 하시더라고요."

"그럴 겁니다."

스테이크 같은 거야 어쩔 수 없이 현장에서 굽겠지만, 맛을 통일하고 단가를 낮추려면 수프나 가벼운 요리들은 대량 공급을 하는 수밖에 없다.

–그게 무슨 프랑스 요리냐!

사정을 들은 프랑스 요리사가 한 말이었다.

똑같은 재료를 가지고 전혀 다른 요리와 맛을 만들어 내는 게 요리사의 소양인데, 공장에서 찍어 나오는 요리에 프랑스의 이름을 달다니.

프랑스 요리사들은 그 사실을 듣고 극도로 분노했다.

'그런 나라지.'

심지어 학교에서조차 아이들에게 미식 교육을 시키고 모든 음식을 만들고 아이들의 입맛을 버린다면서 케첩의 사용을 제한하는 게 프랑스다.

오죽하면 외국에서 농담 중에서 '미국식 저택에서 살면서 프랑스식 요리를 먹으며 일본인 와이프를 두는 게 성공한 남

자다.'라는 말이 있을 정도로 환상 비슷한 것이 있기까지 한
게 프랑스 요리다.

그렇게 요리에 대한 자부심이 높은 나라인데 타국의 기업
이 자기네 이익을 위해 프랑스 요리사를 밟아 버리겠다는 계
획을 실행하는데 분노하지 않을 리가 없다.

"그래서 말인데, 채영지 씨가 저를 도와주실 게 있습니다."

"제가요?"

"원래 싸움은 크게 하는 법이지요. 그래서 채영지 씨가 그
들에게 도발을 하셔야겠습니다."

"네?"

평생을 요리만 하면서 분란과는 상관없는 삶을 살아온 그
녀다. 그런데 도발이라니?

"제가 평론가에게 도발을 하라고요?"

"네, 서른 명. 아니, 그사이에 발표한 사람들까지 합하면
쉰 명쯤 되겠네요. 그들에게 생애 최고의 요리를 대접하겠다
고 도발하세요."

"하지만 그걸 그들이 받아들여 줄까요?"

"안 받아들일 수 없을 겁니다. 인터넷 방송으로 때려 버릴
거거든요."

"인터넷 방송……."

그 말에 진땀이 흐르는 채영지였다.

"그들이 채영지 씨에게, 아니 프로방스의 언덕에 악평을

한 건 누구나 다 아는 겁니다. 그러니까 최고의 재료로 만든 최고의 음식을 대접하는데도 맛없다는 소리가 나오는지 두고 보자고 싸움을 거세요."

"그래도 될까요?"

채영지는 잔뜩 걱정하는 표정이 되었다.

그럴 수밖에 없는 게 그 뒤에 두한이 있다고 한 건 다름 아닌 노형진이었기 때문이다.

"걱정하지 마세요. 이번 일에 두한은 별로 힘을 못 쓸 겁니다. 아니, 두한이라면 어떻게 해서든 싸우게 하려고 할 겁니다."

안 그래도 채영지를 깔아뭉개지 못해서 안달이 난 두한이다.

인터넷에서 생중계로 까 버리면 사실상 재기 불능이 될 수밖에 없다.

"알겠습니다. 최고의 요리를 만들어 볼게요."

결심을 한 듯 고개를 끄덕거리는 채영지.

하지만 노형진은 그런 그녀의 말을 정정했다.

"최고의 요리를 대접하는 겁니다, 후후후."

⚖

얼마 후 채영지는 자신에게 악평을 한 평론가들을 대상으로 진짜로 인터넷에 선전포고를 했다.

내가 최고의 요리를 대접하겠다. 그것도 맛없다고 하는지 어디 한번 두고 보자.

인터넷 사이트마다 커다랗게 뜨는 광고에 사람들은 관심을 가졌다.

−채영지가 누구야?

−프로방스의 언덕 주인인데 맛 쩔어.

−한물갔다던데?

−시궁창에서 퍼 올린 맛 인정.

−그건 너무했다.

−뭔 깡으로 도발한 거래?

대부분의 사람들은 그걸 보고 비웃음을 날렸다.

그럴 수밖에 없는 게, 채영지가 하는 식당인 프로방스의 언덕이 아무리 크다고 해도 코스 요리 전문점이고 가격이 너무 비싸다 보니 일반인들은 그들의 요리를 먹어 본 적이 없으니까.

몇몇 먹어 본 사람들이 실드를 치려고 했지만 그건 네티즌 중에서도 말 그대로 한 줌도 되지 않는 숫자였기 때문에 여론은 채영지에게 극도로 불리했다.

"그년이 미쳤군."

두한의 회장인 이상주는 그 광고를 보고 비웃음을 날렸다.

물론 그도 그녀의 요리가 맛이 있다는 건 안다.

하지만 그녀가 싸움을 건 대상이 너무 안 좋았다.

"평론가들에게 최고의 요리를 대접해 주겠다라……."

"평론가뿐만이 아닙니다. 일반인들을 선정해서 그들에게
도 대접하겠답니다."

"목적이 뭔지 알겠군."

그녀의 음식은 맛있다.

그리고 그녀도 바보가 아닌 이상 자신에게 뭔가가 벌어지
고 있다는 걸 알 거다.

"그러니 여론을 뒤집고 싶겠지."

자신이 요리를 대접해서 평론가에게 반대의 평을 듣고 싶
을 것이다.

아니면 하다못해 평론가와 일반인의 극단적 평을 공개해
서 음모가 있다고 주장하고 싶을 것이다.

"어떻게 할까요? 거절하라고 할까요?"

"자기 무덤을 스스로 팠는데 우리가 거절할 필요는 없지."

이상주는 자신이 있었다.

물론 극단적으로 평이 갈린다고 하면 분명 이상하게 생각
하는 사람이 있을 것이다.

"하지만 우리가 사람을 넣을 수는 있지. 그래, 사람은 어
떻게 뽑는다고 하던가? 자기 가게로 연락해서 지원하라던
가? 그러면 평가가 공평하지 않을 텐데."

이미 파훼할 방법은 있었다.

그래서 회장은 그다지 신경 쓰지 않았다.

"그래서 지원한 사람들에게서 돈을 받겠답니다. 두 명이 한 팀인 구성으로 총 백 개의 팀을 뽑는데, 한 팀당 50만 원씩이랍니다."

무려 5천만 원에 달하는 돈이다.

"5천이라……. 세상 너무 만만하게 보는군."

이상주 회장은 비웃음을 날렸다.

아마도 거기에는 중계에 들어가는 돈을 충당하는 목적도 있을 것이다.

"우리가 지원하게."

"네?"

"그 정도 돈을 낼 수 있는 사람들이 얼마나 있겠나? 우리가 지원하게."

"무슨 뜻인지 알겠습니다."

고개를 끄덕거리는 비서.

그의 말대로 한 팀당 50만 원이면 절대 일반인이 낼 만한 돈이 아니다.

물론 이상주 회장에게는 한 잔의 술값도 안되는 돈이지만 말이다.

"그리고 다른 곳에 박차를 가해. 3년 안에 전국에 아그네스 지점을 서른 개 이상 내야 해."

"알겠습니다, 회장님."

비서가 나간 후에 이상주는 물끄러미 바깥을 내려다보았다.

"진짜 돈이 되는 건 미리미리 선점해야지, 후후후."

노형진의 예상대로 평론가들은 한 명도 빠짐없이 신청했다. 도전을 받아들이겠다는 것이다.

"이백 명도 준비되었고!"

손채림은 신이 나서 외쳤다.

이백 명의 지원자들은 금방 꽉 찼다.

"이야, 같이 일하는 건 참 오랜만이네."

"그러게."

"그런데 진짜로 왜 이번에는 의뢰를 안 받은 거야?"

"전에 말했지만 이번 일은 소송으로 할 수 있는 게 아니거든. 그리고 상대방은 두한이야. 갑자기 이쪽에서 공격적으로 나오면 분명 뒷조사를 할 거야."

그런데 노형진에게 의뢰했다면 분명 그 기록이 나올 것이다.

"그러면 미끼를 안 물겠지. 그래서 정식으로 안 받은 거야."

"미끼는 이제 확실하게 물었잖아."

"그렇지. 확실하게 물었지."

노형진은 자신 있게 고개를 끄덕거렸다.

"하지만 여전히 조심해야 해. 장소 섭외는 끝났어?"

"끝났어. 모든 재료도 준비되었고. 물론 중계 서버도."

인터넷 생중계를 하기 위해서는 한정된 회선으로 해야 한다.

당연히 중계 규모가 커지면 그 중계 회선도 미리 준비해야
한다.

"무려 50만 명 규모로 확보해 놨으니 어지간하면 안 끊어
질걸."

"그럴지도?"

"그럴지도는 또 뭔 그럴지도야?"

"인간이 몰릴 때는 몰리잖아. 그리고 그렇게 한번 몰릴 정
도로 손님들을 끌어 보자고, 우후후."

손님만 무려 이백 명.

그 손님들이 한꺼번에 식사를 할 수 있는 공간은 그다지
많지 않다.

더군다나 그 정도 조리를 한꺼번에 할 수 있는 공간은 호
텔이 유일하다.

"와, 사람들 엄청 많다."

"저거 방송국 중계차 아냐? 인터넷 생중계한다면서?"

"평론가들한테 대놓고 덤빈 조리사는 처음이잖아. 그러니
까 얼마나 잘난 건지 취재하고 싶겠지."

사람들은 호텔 앞에 가득한 차들을 보면서 신기한 듯 말했
지만 노형진은 중계차를 보면서 혀를 끌끌 찼다.

'아주 작심했구먼.'

큰 이벤트이기는 하지만 그렇다고 해서 방송국이 중계차를 보낼 정도의 규모는 아니다.

'두한에서 힘을 썼겠지.'

프로방스의 언덕을 확실하게 밟아 놔야 자신들이 맛있다는 이미지를 만들 수 있으니까.

'안 봐도 뻔하지.'

그들을 밟았던 평론가들은 아그네스에 대해서는 극찬을 할 것이다.

당연히 사람들이 보기에는 아그네스가 프로방스의 언덕보다 높은 곳으로 생각할 것이다.

'물론 누구나 그럴듯한 계획을 가지고 있는 법이지. 처맞기 전까지는 말이야.'

노형진은 그들을 물끄러미 보다가 재료 쪽을 확인했다.

혹시 몰라서 모든 재료는 철저하게 검수를 하고 있었다.

⚖

"문제는 없습니까?"

"문제는 없습니다. 계속 냉동 및 냉장 창고에서 보관했고 근무자도 3교대로 열두 명 근무시켰습니다. 이 정도 분량을 바꿔치기하는 건 불가능합니다."

그 말에 노형진은 고개를 끄덕거렸다.

냉동 창고나 냉장 창고는 입구가 하나뿐이다.

그 앞에서 네 명이 지키고 있으면 그들이 한꺼번에 배신하지 않는 이상 재료를 바꿔치기하는 건 불가능하다.

'설사 바꿔치기한다고 해도 요리사들의 눈을 피해 갈 수는 없지.'

입구에서 들어오는 재료들을 눈이 벌게져서 바라보는 사람들.

그들은 혹시 몰라서 자신이 표시해 둔 마크 하나까지 세심하게 확인했다.

"겁나네요, 정말."

채영지는 벌벌 떨면서 다가왔다.

"왜요?"

"아니, 그냥……. 그렇잖아요. 제가 급이라는 게 있는데……."

"급이라는 건 인간이 만든 겁니다. 사실 제가 봐서는 채영지 씨는 여기에 있는 어떤 분과 비교해도 떨어지지는 않습니다."

"그건 아닌데……."

"그게 아니라면 제가 투자를 하고 싶지는 않겠지요."

"투자요?"

"네. 뉴욕에 정식으로 진출하실 생각 없습니까?"

그 말에 채영지는 움찔했다.

"그…… 그게 무슨 말씀이세요?"

"제가 봐서는 채영지 씨의 요리는 충분히 먹힙니다."

그녀의 요리 세계는 전공인 프랑스 정통 요리를 기반으로 한다.

'그리고 아무리 생각해도 그녀 실력은 절대 떨어지는 게 아니야.'

그녀가 동양인이라는 특성상 유럽에서 인정을 잘해 주지 않았을지는 모를지언정, 그녀의 솜씨는 분명 세계 레벨이다.

"미국은 그런 백인이 우월하다는 관념이 좀 낮은 편이죠."

"그거야 그런데……."

"어차피 한식의 세계화를 위해서는 세계 레벨의 유명한 조리사가 필요합니다."

"그게 저라고요?"

"네."

"어째서요?"

"오늘 이벤트는 전 세계에 중계될 테니까요."

이 방송은 끝난 후에 엄청난 이슈를 몰면서 퍼져 나갈 것이다.

그리고 그녀는 엄청난 이름을 얻을 것이다.

"그런 기회를 버릴 생각은 없거든요."

"그건……."

"그리고 어찌 되었건 상대방은 두한입니다. 전에 말씀드렸죠? 그들에게 방법은 한 개만 있는 게 아닙니다."

그 말에 채영지는 입술을 깨물었다. 그 말이 맞으니까.

법적인 문제에서 벗어나기 위해 평론가를 쓴 것뿐이지, 그들이 대놓고 덤비면 채영지의 실력이 아무리 좋아도 한국에서는 활동을 못 한다.

"하지만 미국이라면 이야기가 달라지죠."

아무리 두한이라고 해도 미국에 있는 그녀를 공격하는 건 힘들다.

"장기적으로 보면 한국은 당신에게는 작은 시장입니다."

"제가 한국에 살고 싶어 할 거라는 생각은 안 해 보셨어요?"

"그랬다면 벌써 들어오셨겠지요."

하지만 그녀는 프랑스에서 결혼해서 아이까지 낳아서 살던 사람이다.

"그걸 보면 한국에 대한 애정이 강하다기보다는 인종차별 때문에 앞이 막힌 것 같은데요. 안 그런가요?"

"그걸 어떻게……."

"뻔하죠."

아무리 요리사라는 동질감을 가지고 있다고 하지만 어찌 되었건 그녀는 동양인이다.

그리고 프랑스는 백인의 요리다.

손님도 다른 요리사들도 알게 모르게 무시한다.

'그걸 피하기 위해서는 미국 같은 데로 가야 하는데 말이지.'

하지만 미국에서 그런 식당을 하기에는 들어가는 돈이 너무 많다.

개인 식당은 꿈도 꾸지 못할 정도이고, 해 봐야 그저 그런 수준이다.

'투자를 받으면 좋지만.'

실력이 있다면 충분히 투자를 받아서 할 수는 있다.

그런 곳은 미국에서도 거의 6개월 단위의 예약이 밀려 있는 곳들이다.

'문제는 그녀의 신분이지.'

투자라는 것은 결국 그 사람이 투자할 정도의 가치가 있고 유명해져야 가능하다.

하지만 그녀는 그 인종차별 때문에 유럽에서 수석의 위치에 올라가지 못했다.

더군다나 더 큰 문제는 지명도다.

실력이야 먹어 보면 알지만 누구도 그녀를 알지 못한다.

"그런데요?"

"요리사와 평론가의 싸움은 오래되었지요. 사실 어떻게 보면 동반자들이기도 하지만 또 어떻게 보면 적이기도 합니다."

한쪽은 평가하고 한쪽은 평가당하니까.

"그리고 전반적으로 평론가들이 유리한 편이죠."

"그건 그래요."

가령 오늘 모인 미슐랭 가이드의 경우 사람들은 좋겠다고 이야기한다.

하지만 그 때문에 얼마나 많은 요리사들이 고통받는지는 모른다.

미슐랭 가이드의 별은 영원하지 않다.

그걸 잃어버리면 매출이 폭락한다.

그래서 한번 받은 별을 지키기 위해 극단적 스트레스에 시달리는 게 미슐랭 요리사들의 숙명이다.

"제가 아는 분도 결국 그 스트레스로 자살하셨죠."

"알고 있습니다."

별 세 개짜리 셰프가 그 스트레스에 못 이겨 자살할 정도로, 최고의 자리를 유지하는 것은 극심한 스트레스를 준다.

심지어 어떤 셰프는 그걸 이겨 내지 못해서 자발적으로 별을 반납하기도 했다.

"그런데 이번 일이 끝나면 거의 유일하게 자칭 평론가들에게 엿을 먹인 유일한 셰프가 됩니다."

"……!"

그 말에 채영지는 눈을 크게 떴다.

누구도 평론가들을 대상으로 싸움을 걸지 못했다.

물론 몇몇이 소송을 걸기는 했다.

왜 내 등급이 떨어졌느냐 등의 이유로 말이다.

하지만 그건 결국 질 수밖에 없는 싸움이다.

"좀 편법을 이용하기는 했지만 평론가들의 가치가 절대적이지 않다는 걸 보여 준 사례로는 유일하죠."

그러면 그녀는 전 세계적인 지명도를 얻게 될 것이다.

"설마 그런 걸 예상하고?"

"틀린 말은 안 합니다. 저도 남는 게 있어야지요. 거절하시면 별수 없지만요."

그녀가 미국에서 식당을 열고 손님을 끌기 시작하면 적지 않은 돈이 들어올 것이다.

"그건……."

채영지는 고민하는 눈치로 말했다.

"남편이랑 이야기해 볼게요."

"기다리겠습니다."

하지만 노형진은 안다. 그녀가 결국은 미국행을 선택할 거라는 것을.

결국 그녀는 요리사고 더 높은 세계로 가고 싶어 하는 게 사실이니까.

"중요한 건 제대로 엿부터 먹이는 거니까요."

"음식을 먹어 보고 과연 어떤 표정이 될지 기대되네요, 호호호."

⚖️

드디어 시작된 식사 시간.

중계를 하는 직원들은 테이블 사이를 돌아다니면서 사람

들이 먹는 모습을 열심히 찍었다.

하지만 이내 얼마 지나지 않아서 얼굴이 사색이 되었다.

"읍."

평론가 중 한 명이 전채를 먹다가 냅킨에 그걸 뱉어 낸 것이다.

"뭐 이딴 걸……."

"맛이 이상한가요?"

"맛이 이상하다? 이건 음식도 아닙니다. 채소의 상태도 좋지 않고 치즈도 싸구려고, 소스와 어울리지도 않고."

그 평론가의 말에 호응하는 건지 다른 평론가들도 눈을 찌푸렸다.

"이게 사람이 먹으라고 내놓은 음식입니까?"

"내가 만들어도 이것보다는 맛있겠네."

"이런 실력으로 우리한테 절대 먹어 보지 못할 환상적인 음식을 내놓겠다고 한 겁니까?"

평론가들의 말에 분위기는 상당히 가라앉았고, 중계를 하던 방송국은 다급하게 화면을 다른 카메라로 넘겼다.

덜 예민한 일반인이라면 그래도 먹을 거라 생각해서였다.

그러나.

"우엑!"

한 명은 먹다가 아예 헛구역질까지 한다.

"이거, 우리 엿 먹이겠다는 건가?"

"아니, 이게 50만 원짜리 코스 요리의 전채라고?"

술렁이는 사람들.

물론 다 그런 건 아니다.

"왜 그러지? 난 괜찮은데. 이게 이상해?"

"아니, 난 맛있는데?"

소수지만 몇몇은 잘 먹고 있다.

노형진은 좀 떨어진 곳에서 웨이터로 분장한 채 그 모습을 보고 있었다.

그리고 똑같이 웨이터로 분장한 손채림에게 눈짓을 했다.

"테이블 번호 확인했어?"

"콜. 이거 완전 재미있는데! 역시 너랑 일하는 건 이런 빵 터지는 재미가 있다니까."

킬킬거리면서 테이블 번호를 적어서 어디론가 보내는 손채림.

그러는 사이에도 사람들의 평은 계속되었다.

"고기가 너무 퍼석하잖아?"

"내 건 익은 거 맞아?"

"동네 삼겹살집에서 익혀도 이것보다는 잘 익히겠네."

여지없이 터지는 품평.

인터넷도 난리가 났다.

-뭐야. 겁나 호기롭게 덤비더니 처발리네.

─복수한다고 맛없는 음식 먹이는 건가?

  ─그럼 돈 내고 온 손님들은 뭔 죄?

  ─여기 맛있다고 하던 분들 다 어디 가셨나?

  좋은 모습을 찍고 싶었지만 워낙 나쁜 모습들이 대부분이었기 때문에 그건 쉬운 게 아니었다.

  그렇게 한참이 지나고 식사가 끝났을 때 드디어 평론가들 중 한 명이 대표로 나왔다.

  "저는 지난번 평론 이후에 뼈를 깎는 노력으로 맛을 올렸을 거라 생각했습니다. 하지만 이건 기대 이하, 아니 실망 그 자체군요. 이런 걸 프랑스 요리라고 하다니요."

  "전에 제가 시궁창에서 건진 맛이라고 했지요? 그것보다는 좀 낫다고 생각합니다. 음식물 쓰레기통에서 꺼낸 것 같네요."

  "채영지 씨, 우리한테 복수하려고 이런 쓰레기를 먹인 거라면 축하드립니다. 성공하셨네요. 미각을 잃어버린 기분입니다."

  그 말에 채영지는 사색이 되었다.

  그리고 그녀는 다급하게 민간인석을 바라보았다.

  하지만 민간인석도 그다지 반응은 좋지 않았다.

  "이거 먹으려고 50만 원을 냈습니다. 그런데 이게 프랑스 요리라고요? 환불해 주세요."

"전 그냥 그럭저럭 먹을 만했습니다. 딱 배고프니까 먹을 만한 정도?"

"전 세계에서 가장 맛없는 요리가 영국 요리인 줄 알았는데 이제 보니 프랑스 요리인 것 같네요."

완전히 사색이 되는 채영지.

이쪽에서도 이 정도 평가가 나올 줄 몰랐기 때문이다.

'그러겠지.'

하지만 노형진은 채영지와 다르게 피식 웃었다.

딱 그가 원하던 그림이었으니까.

"그러면 시작할까요? 이제 쇼 타임입니다."

"지금요?"

"네. 지금 뒤에서 기다리는 분들이 아주 이를 박박 가시는데요."

노형진은 뒤쪽을 가리키면서 말했다.

그러자 채영지는 고개를 끄덕거렸다.

무대에 있던 사회자는 조심스럽게 입을 열었다.

"그래요? 그러면 이 요리를 만든 분에게 이야기를 들어 보죠."

"뻔하죠. 들어 볼 필요도 없습니다. 애초에 프랑스 요리를 200인분씩 만드는 경우가 어디 있습니까? 무슨 학교 급식도 아니고."

비웃음을 날리는 평론가.

사람이 많아서 제대로 신경 못 썼다는 식의 변명이 나올 거라 생각했으니까.

"아니, 그건 아닙니다. 저는 충분한 인원을 데리고 조리했습니다."

마음을 강하게 먹은 채영지는 무대에 올라갔다.

자신을 깔아뭉개는 사람들.

그들을 보니 지금까지와 다르게 분노와 용기가 솟아올랐다.

'그래, 이런 기분이구나.'

그녀가 요리를 배울 때 수석 셰프는 그녀에게 깡과 분노가 부족하다고 했다.

사실 요리하는 데 그게 왜 필요한가 싶었다.

'하지만 아니었네.'

만일 그녀가 인종차별에 대항했다면, 진짜로 프랑스에서 수석 셰프를 하고 있을지도 모른다.

그러나 현실은, 물러나고 도망쳐서 결국 한국으로 왔다.

'미국……'

그녀는 문득 노형진이 했던 말이 생각났다.

그리고 입을 열기에 앞서 그곳으로 가기로 마음을 굳혔다.

그렇기에 이제는 서슴없었다.

"그리고 제가 최고의 요리를 대접한다고 했지요?"

"이게 최고의 요리인가요?"

비웃음을 날리는 평론가들.

하지만 그다음 말에 아연실색했다.

"한국말을 끝까지 들으세요. 제가 최고의 요리를 대접한 다고 했지 언제 제가 최고의 요리를 만들어서 대접한다고 했습니까?"

"뭐요?"

"전 제가 해 드릴 수 있는 최고의 요리를 대접한 겁니다."

"그게 그거 아닙니까?"

"그게 그거잖아요! 다급하니까 자기가 안 만들었다 이겁니까? 장난해요?"

수석 셰프는 진짜 요리를 만드는 사람이 아니다.

모든 걸 '통제'하는 사람이다.

그러니 만들지 않았다는 것이 맞는 말일 수도 있지만 책임 회피는 되지 않는다.

"아니요. 말 그대로입니다. 전 오늘은 대접을 하는 주인의 입장일 뿐 셰프가 아니기에, 음식 조리에 참여하지 않았습니다."

"뭐 이런……."

사람들이 말을 이해하지 못해 당혹스러워하는 그 순간, 채영지는 그들의 평론가 인생을 종 쳐 버리기 시작했다.

"지금부터 그분들을 소개시켜 드리지요. 일단 전채부터 시작할까요? 셰프분들을 소개하죠. 장 끌로 씨, 파비엥 씨, 로비앙 씨."

이름이 불리자 무대 위로 올라오는 사람들.

몇몇은 이 상황이 이해가 가지 않아서 어리둥절했지만 몇몇은 갑자기 얼굴이 사색이 되기 시작했다.

"이분들은 현재 프랑스에서 수석 셰프로 활동하는 분들입니다. 그리고 이분들이 활동하는 곳은 미슐랭 가이드에서 별 한 개 이상을 받은 곳이고 전채를 강력하게 추천받은 분들이죠."

그 말에 미처 상황을 알아차리지 못했던 사람들의 얼굴도 아까와 다르게 허여멀겋게 변했다.

미식의 세계에서 미슐랭 가이드의 힘은 절대적이다.

"이상하지 않습니까, 한두 분도 아니고 거의 모든 분들이 미슐랭 전채 추천 대상인 요리에 대해 하수도에서 건졌네 음식물 쓰레기네 했다는 것이?"

"아니, 그게……."

평론가들은 아무런 말도 하지 못했다.

그럴 수밖에 없는 게, 몇몇은 진짜로 가서 먹어 봤던 음식이니까.

그런데 몰랐다.

"기가 막히군. 내 음식이 시궁창에서 건져 올린 거라니. 이 나라 평론가들은 혀를 죄다 기름에 한 번씩 튀긴 건가?"

"오기 전에 마약이라도 하고 왔나 보죠."

셰프들의 말에 점점 조용해지는 평론가들.

지금부터 벌어질 일을 예상했기 때문이다.

코스를 이야기할 때마다 거론되는 이름들.

그 이름의 주인공들은 절대 맛없다고 할 수가 없는 요리를 만드는 이들이었다.

"그리고 메인 디시인 스테이크는 레든 레이지 씨가 해 주셨습니다."

그 말에 한쪽에서는 긴 한숨이 나왔다.

그럴 수밖에 없는 게 레든 레이지는 현 요리계에서 전설로 통하며, 혹평의 요리사로 방송에도 나온 유명 요리사라 민간인들에게도 유명하기 때문이다.

"뭐, 고무줄 씹는 맛? 이것들이 고무줄이 주식이니까 고무줄 맛을 알겠지! 난 인간한테 요리를 주는 줄 알고 왔는데, 돼지한테 음식을 주는 줄 알았으면 안 왔어!"

그답게 평론가들을 돼지로 깔아뭉개는 모습이 방송에 나갔고 그 시간을 기점으로 방송을 보는 사람들의 숫자는 엄청나게 올라가기 시작했다.

"결론적으로 말해서 오늘의 요리 중 미슐랭에 이름을 올리지 않은 조리사가 만든 건 단 하나도 없습니다. 그런데 시궁창 맛이라고요? 그 입으로 어떻게 평론을 하죠?"

"그건……."

평론가들은 말문이 막혔다.

'말을 할 수가 없겠지.'

그들의 평론가로서의 커리어는 끝장났다는 걸 알았을 테니까.

자칭 평론가라고 하면서 최고급 요리를 쓰레기라고 불렀

으니 사람들이 그들을 어떻게 믿겠는가?

'내가 평가를 바꿀 필요가 없지.'

프로방스의 언덕의 평가를 바꿔 봐야 어차피 상황은 벌어졌다.

그리고 상대가 두한이니 평가가 어떻든 가게는 닫을 수밖에 없을 것이다.

'그럴 거라면 차라리 생각을 바꾸는 게 낫지.'

차라리 제대로 엿을 먹이면서 그들에게 복수하고 미국으로 가 버리면 그만이다.

이제 평론가들, 아니 자칭 평론가들은 누구도 믿지 않을 테고 그들의 인생은 끝장났다.

누구나 돈만 준다면 좋은 평론을 써 준다고 생각할 테니까.

그러면 평론가의 가치는 없는 것이나 마찬가지.

'그리고 이제 시작이지.'

노형진이 평론가만 작살낼 생각은 아니었다.

그럴 거면 이 정도까지는 안 했다.

"그리고 일반 손님 여러분들."

채영지는 아예 막가기로 했는지 쉬지도 않고 일반석으로 시선을 돌렸다.

그 시선에 몇몇이 움찔했다. 엄청나게 살벌했으니까.

"아까 뭐라고 하셨지요?"

"아니…… 우리는 맛에 대해서는 잘 몰라서요."

"그래요?"

채영지는 비웃음을 날렸다.

그건 그럴듯한 변명이다.

한 가지만 빼면.

"그래서 38번 테이블 손님."

"네? 아, 네?"

"제 쓰레기는 환불 가능하냐고 하셨죠?"

"아니, 그건……."

이 정도 셰프들로 구성된 요리다.

이게 한 팀당 50만 원? 거저라고 봐도 무방하다.

아마 이 정도 구성이라면, 1인당 500만 원은 받을 수 있을 것이다.

"그러고 보니 저한테 거짓말을 하셨던데요?"

"네?"

"저한테 삼진건설에 다닌다고 하셨잖아요?"

"아…… 그런데요?"

"그런데 거기서는 손님을 모르던데요?"

그 말에 분위기가 갑자기 싸늘해졌다.

설마 직장에 전화해서 확인해 볼 줄은 몰랐기 때문이다.

하지만 단순히 직장만 확인한 게 아니었다.

"저희한테 주신 메일과 전화번호를 인터넷 검색으로 찾아 봤습니다. 그런데 두한에 다니시네요?"

이것이 법이다

"그게⋯⋯."

당황해서 어쩔 줄 몰라 하는 일반 손님들.

설마 인터넷 검색까지 할 줄은 몰랐던 것이다.

"참 신기한 게 뭔지 아세요? 여기에 총 이백 명의 손님이 계십니다. 그런데 이 중 무려 백예순 분이나 두한에 다니시는 분들이더라구요. 아무리 두한이 월급을 많이 준다고 하지만 무려 50만 원짜리 식사인데 그걸 이렇게 서슴없이 지를 수 있는 줄은 몰랐네요."

그리고 일이 이쯤 되면 바보가 아닌 이상에야 두한이 뒤에서 뭔 짓을 했는지 의심하기 시작할 것이다.

그런 의심에, 채영지는 못을 박아 버렸다.

원래는 말이 없는 타입의 그녀지만 그동안 쌓인 분노에다가 어차피 한국을 떠날 거라는 생각이 들자 저절로 입이 술술 열렸다.

"그러고 보니 두한에서 아그네스라는 프랑스 요리 전문점을 만들었다면서요? 그러니까 제 경쟁사이신 셈인데, 거기 가서도 그렇게 쓰레기라고 하시던가요?"

아주 대놓고 못을 박아 버리자 인터넷은 말 그대로 폭발했다.

-헐, 씨발! 이거 뭔 상황?

-그러니까, 지금까지 그 모든 평론을 두한이 조작한 거야?

-그러니까 내가 저기 겁나 맛있다고 했잖아요! 아, 미치겠네.

―경쟁사 죽이기를 뭐 이리 거창하게 하나?

―와, 씨발. 두한 클래스 보소.

―두한 님. 저 분식집 합니다. 라면은 안 파실 거죠?

―저 붕어빵 팝니다. 두한 님. 붕어빵은 팔지 말아 주세요!

―정부는 빈대떡을 중소기업 보호 업종으로 지정하라!

그야말로 난리가 난 상황.

노형진은 그 장면을 흡족한 표정으로 지켜보았다.

'아주 제대로 엿을 먹여 버리네.'

일이 이쯤 되면 두한은 프랑스 요리 진출을 심각하게 고민
할 수밖에 없게 된다.

하지만 진짜 쐐기는 전혀 생각하지 못한 곳에서 나타났다.

"아, 맞다. 그리고 내가 말 안 해 줬나? 뒤풀이 장소 잡아
놨다."

"뒤풀이 장소?"

"세계적인 셰프들을 한국에 모셨는데 제대로 대접해야지."

"그건 그렇지. 어디로 잡아 놨는데? 유명한 한정식?"

"아니, 그건 사실 너무 흔하잖아. 그래서 내가 고생 좀 했
지. 정통 프랑스 요리 전문점으로 잡았어."

"정통 프랑스 요리 전문점……. 설마……?"

노형진은 손채림은 물끄러미 바라보았다.

정통 프랑스 요리 전문점이라고 주장하는 아주 유명한 곳.

그리고 이 정도 인원을 커버할 수 있는 곳.

"이미 예약하고 선불로 계산까지 해 놨어. 가서 먹으면 돼."

"설마 가게 이름이?"

"아그네스라고, 요즘 아주아주 핫한 곳이라네."

"크하하!"

노형진은 결국 빵 터졌다.

여기서 그렇게 까이고 사실을 안 셰프들이 거기에 가서 좋은 소리를 할 리가 없다.

아무리 객관적이고 중립적으로 말한다고 해도 아그네스가 정통 프랑스 요리점은 아니니까.

"아주 기대되지 않아?"

"이거 진짜 서버 터지는 거 아냐?"

노형진은 진짜로 긴급하게 서버를 증설해야 하나 고민하기 시작했다.

⚖

결과적으로 아그네스는 아주 분자 단위로 분쇄되었다.

아마 요리 전문가의 표현을 빌리자면 충분한 분자 요리의 재료라고 하지 않았을까?

–프랑스 요리? 이게?

－이걸 프랑스 요리라고 내놓다니, 난 자살하겠어.

－진짜 프랑스 인스턴트도 이것보단 나을 것 같은데요?

－우리 동네 할머니도 이것보단 잘한다.

프랑스 요리사들에게 대차게 까인 아그네스는 바로 다음 날부터 파리만 날렸다.

두한은 아그네스 체인에 수백억을 투자하고 준비하고 있었지만 결국 모든 것이 날아간 것이다.

"고맙습니다. 덕분에 살았어요."

결국 모든 것이 끝난 후 채영지는 미국으로 갈 준비를 끝냈다.

"가게도 준비되었고 살 곳도 마련해 놨습니다. 그리고 감사합니다."

"아니에요. 이번에 알았어요. 너무 기본만 찾아도 안 된다는 걸요."

노형진이 감사하는 이유는 그녀가 정통 프랑스 요리 말고도 다른 한식 조리사를 데리고 가서 진짜 한식으로 코스를 만들어 판매하겠다고 했기 때문이다.

"진짜 이제는 요리만 하면서 살 수 있을까요?"

"제가 그럴 수 있게 도와드리죠."

노형진이 채영지를 바라보며 말하자 문득 그녀가 노형진에게 질문을 던졌다.

"노 변호사님은 식사라는 게 뭐라고 생각하세요?"

"네? 갑자기 무슨 말씀이신지?"

"제가 미국에 가기로 마음먹고 아들한테 물어봤어요. 사실 요리에 대해 많이 힘들었거든요."

"그랬겠지요."

요리만 하고 싶었는데 폭풍의 한복판에 던져진 셈이었으니까.

"그런데 아들이 한 말이 기억에서 안 떠나네요."

"뭐라고 했는데요?"

"행복한 한 끼."

"행복한 한 끼라……."

노형진은 그 말을 다시금 생각하다가 미소 지었다.

"진짜 정확한 표현이네요."

"맞아요, 행복한 한 끼. 이제 이게 우리 가게의 모토예요."

"그 모토, 잘 지켜 가시길 부탁드립니다."

노형진은 미소를 지으며 그녀의 손을 꽉 잡았다.

"행복한 한 끼, 잘 부탁드립니다."

이 얼마나 아름다운 시골 인심인가

죽음은 피할 수 없다.

수많은 사람들이 불로장생의 삶을 찾으려고 했지만 결국 찾을 수가 없었다.

그리고 노형진 역시 그건 마찬가지였다.

'다만 난 돌아왔지만.'

노형진은 버스 바깥으로 흘러가는 풍경을 보면서 착잡한 마음을 다스렸다.

'아무리 그렇다고 해도 죽음은 슬픈 일이지.'

돌아올 수 없는 기약 없는 헤어짐.

그 헤어짐은 남은 사람들에게 큰 상처를 줄 수밖에 없다.

"그나저나 어떻게 하나?"

"그러니까요. 혼자 남은 애엄마는 어떻게 해?"

뒤에서 들리는 친척의 말에 노형진은 기분이 더 울적해졌다.

'가슴 아픈 일이지.'

가까운 사촌의 죽음.

음주 운전을 하던 운전자가 중앙선을 넘어서 들이받아서 결국 돌아올 수 없는 강을 건넜다.

그리고 그 뒤에 남은 것은 아내와 중학생 아들 하나, 딸 하나.

"가슴이 너무 아프구나."

노문성 역시 창밖을 보면서 혀를 끌끌 찼다.

"젊은 나이에 가 버리다니."

"세상이라는 게 그런 거잖아요, 아버지."

"그런 건 줄 몰라서 사는 건 아니지 않으냐?"

"그건 그렇지요."

몰라서 사는 게 아니다. 알지만 살아가야 하는 거지.

"그나마 다행인 건 제수씨 직업이 탄탄하다는 거네요."

"소송 문제는 어떻게 되어 가고 있느냐?"

"일단 저희가 해 드릴 수 있는 최선을 다하고 있어요."

노형진이 도와줄 수 있는 것은 그들과 협상해서 최대한 많은 돈을 받아 내는 것이다.

"근데 참 웃기네요. 사람을 죽인 건 그쪽인데 우리한테 왜 돈독이 올랐다고 할까요?"

돈이 없는 놈들이라면 이해라도 하겠지만 사고를 낸 놈은 수입 차를 끌고 다니는 놈들이었다.

거기에다 체포 당시에 혈중알코올농도는 면허취소를 아득히 넘은 상황.

"제정신이면 음주 운전을 하겠느냐?"

"하긴, 그건 틀린 말은 아니네요."

음주 운전이 법적으로 처벌은 약하지만 노형진은 음주 운전은 미필적고의에 의한, 살인을 각오한 행동이라고 생각한다.

습관적으로 운전한다?

그건 개소리다. 진짜 강력한 처벌을 하면 그런 놈은 없다.

설사 그런 놈이라 해도 면허를 주면 안 된다.

생계형이라고 주장하는 사람이 있기는 하지만 그건 자기 생계를 걸고 마시는 술이니까 더더욱 봐주면 안 된다.

"일단은 남은 애들을 어떻게 해야 할지 고민이구나."

"가족들이 도울 수 있으면 도와야지요."

"그래, 그래야지."

노문성은 고개를 끄덕거렸다.

⚖

"쯧쯧."

혀를 끌끌 차면서 다시 창밖으로 시선을 돌리는 그때였다.

갑자기 버스가 속도를 줄이더니 그 자리에 멈췄다.

"뭐지?"

갑자기 버스가 멈추자 노문성은 고개를 갸웃했다.

딱히 멈출 이유가 없는데 갑자기 버스가 멈추다니?

"뭐지?"

노형진도 고개를 갸웃했다.

그리고 몇몇 어른들이 나가서 상황을 확인하기 시작했다.

노형진 역시 무슨 일인가 하고 차 바깥으로 나갔다.

그런데 눈에 보인 것은 생각지도 못한 장면이었다.

몇몇 사람들이 길을 막고 있었던 것이다.

⚖

"뭐 하는 겁니까?"

"아, 보다시피 도로 공사 중입니다."

"도로 공사?"

노형진은 눈을 찌푸렸다.

'장난하나?'

도로 공사를 하려면 그에 맞는 장비가 있어야 한다.

그런데 마을 입구에서 몇몇 사람이 곡괭이로 도로를 이루고 있는 시멘트를 조금씩 부수고 있는 것이 보였다.

'지금이 무슨 새마을 시대냐?'

이런 공사를 할 때 도로를 아예 새로 까는 거라면 저런 곡괭이로 부수지 않는다.

도로를 벗겨 내는 장비가 다 있다.

그런데 그런 건 하나도 보이지 않는다.

작은 손수레 하나 그리고 곡괭이 몇 개뿐.

"아니, 이장님. 지금 이게 무슨 일입니까?"

상황이 이상하자 한 사람이 앞으로 나섰다.

"어제는 이런 말씀 없었잖습니까?"

'어제?'

그리고 나서야 노형진은 생각이 났다.

현재 한국에서는 삼일장을 치른다.

그래서 유가족은 그 사흘 동안 장례식장을 떠나지 못하기 때문에 다른 가족들이 묘지를 알아본다.

'그리고 여기에 선산이 있지, 아마?'

그리고 이곳이 유일하게 들어가는 길이다.

'이 새끼들이 보자 보자 하니까.'

노형진은 저들의 속셈이 뻔하게 보였다.

"아니, 저희도 일정이라는 게 있으니까요. 제가 깜빡한 건 죄송합니다만."

일정이라는 건 아마도 갑자기 생겼을 것이다.

그러니 장비가 저따위지.

"그렇다고 지금 공사를 하면 어떻게 합니까?"

"그러면 나중에 할까요?"

"그래 주세요. 지금 장례차가 지나가야 하는데."

어른들은 자연스럽게 해결될 거라 생각했는지 그다지 흥분하지 않았다.

하지만 노형진은 얼굴에 비웃음을 잔뜩 띠었다.

'뻔하지.'

시골에서 장례차를 막고 돈을 뜯어내는 것은 흔한 일이다.

그런데 그 짓거리를 지금 하고 있는 거다.

"그러려면 공사 지연금을 주셔야 하는데요?"

"공사 지연금요?"

"그렇지 않습니까? 여기까지 사람을 불러서 공사하는데 공사 지연금은 주셔야지요."

"얼마나요?"

"한 500만 원은 주셔야 하지 않겠습니까?"

노형진은 그 말에 코웃음을 쳤다.

하지만 다른 사람들은 극도로 분노했다.

지금 무슨 짓을 당하고 있는지 알아차린 것이다.

"지금 장난합니까!"

"공사 지연금이 500만 원? 이것들이 보자 보자 하니까!"

버럭 소리를 지르는 친척들.

여기에 있는 사람들의 숫자가 이장을 포함해서 다섯 명이다.

그러니까 한 명당 인건비 100만 원을 달라는 건데 그게 무슨 소리인지 모를 사람들이 아니다.

"아니면 저희는 그냥 공사할 수밖에 없지요."

"뭐요?"

"저희도 방법이 없습니다. 공사 진행해!"

"이것들이 정말!"

"야, 이 새끼들아! 너희가 사람이야!"

버럭 소리를 지르는 사람들.

아내는 아예 주저앉아서 울기 시작했다.

남편이 죽은 것도 힘들어 죽겠는데 길바닥에 남편을 세워 둬야 한다는 사실에 너무 충격을 받은 것이다.

"정선이 엄마!"

"아이고, 큰일이네!"

"차로 들여보내, 어서!"

유가족들이 놀랄까 봐 서둘러서 보내고 사람들은 다시 이 장에게 따졌다.

"이봐요! 말이 됩니까, 공사가 지연된다는 게?"

고작 100미터밖에 안 되는 도로다.

거기에다 공사가 시작된 것도 아니다.

그냥 입구를 막아 둔 것뿐이다.

그러니까 공사 표지판만 치워 주면 지나가는 데 1분이면 된다.

공사 지연하고는 아무런 관련이 없는 거다.

"한시가 바쁜 공사라서요. 어쩔 수 없죠. 돌아갔다가 나중에 다시 돌아오세요."

배 째라고 사실상 통지를 하고 멀어지는 이장.

"저놈이!"

"야, 이 새끼야! 넌 부모도 없냐!"

극도로 흥분하는 찰나 갑자기 커다란 고함 소리가 사람들을 진정시켰다.

"그만!"

모두가 돌아보니 거기에는 노문성이 얼굴이 극도로 붉어진 상태로 서 있었다.

"이런 거 그만합시다."

"아니, 형진이 아빠, 그러면 어떻게 해요? 들어가는 입구가 하나뿐인데."

"돈이라도 주겠다는 겁니까? 저런 놈들에게 그럴 수는 없습니다!"

소리를 버럭 지르는 친척들.

하지만 노문성은 그들에게 대답하는 대신에 노형진을 불렀다.

"형진아, 얼마나 걸리겠냐?"

"형진이?"

"형진이가 변호사였지, 참."

노형진은 아버지의 말에 힐끔 시계를 보았다.

"지나가는 것만요?"

"그래."

"최대 세 시간요."

"알았다. 해결해라."

"네."

"들으셨죠? 이제 우리는 기다리면 됩니다."

"그건……."

"기다립시다."

그 말에 다들 어쩔 수 없이 뒤로 물러났다.

노문성이 부자가 되면서 친척들을 많이 챙겼고 집안에서 발언권이 엄청나게 강해진 덕분에 더 이상 말하는 사람은 없었던 것이다.

노형진은 친척들에게 시선을 주지 않고 앞으로 나섰다.

이런 건 시간과의 싸움이다.

공들여서 상대방에게 엿을 먹이겠다고 시간을 끌 수는 없다.

"최후통첩입니다. 비켜 주시죠."

"아, 우리는 못 한다니까요? 우리도 공사 지연비는 주셔야지요."

"알겠습니다. 최후통첩을 거절하셨으니 실력 행사를 하지요."

노형진은 더 이상 이야기하지 않았다.

해 봐야 아무런 효과도 없으니까.

대신에 그들이 없는 곳으로 와서 전화기를 들었다.

"여보세요. 구청입니까?"

ㅡ네, 말씀하세요.

"여기 조수리인데요. 입구를 몇몇 사람들이 공사를 한답
시고 도로를 파괴하고 있던데요."

ㅡ도로 파괴요?

구청의 직원은 당황해서 되물었다.

그럴 수밖에 없다.

지금까지 살면서 그런 신고는 처음 들어 봤을 테니까.

ㅡ그러니까 도로 공사한다고 길을 막고 있다고요?

"아니요. 진짜로 도로를 파괴한다고요, 곡괭이 가지고."

어이가 없는지 말을 못 하는 구청의 직원.

"공사 일정이 있나요?"

ㅡ그런 일정은 없는데요.

"그러면 도로 파괴가 맞는 것 같네요."

노형진은 느긋하게 말했다.

마치 서두르지 않는 것처럼 말이다.

ㅡ바로 실사 내보내겠습니다.

"그러면 감사하겠습니다."

노형진은 거기까지 말하고 전화를 끊었다.

그리고 노문성을 바라보았다.

"아버지 핸드폰 좀 빌려주세요."

"응? 알았다."

노문성은 묻지 않고 핸드폰을 노형진에게 건넸다.

노형진은 그걸 받아서 경찰서에 전화를 했다.

"여보세요. 경찰이죠? 여기 조수리 입구입니다. 지금 조수리 입구에 장례차가 들어가는데, 사람들이 입구를 막고 돈을 내놓으라고 협박하고 있거든요. 네. 가능하면 빨리 와 주세요."

길게 신고를 할 필요가 없다.

하지만 그걸 들은 사람들은 눈을 찌푸렸다.

"형진아, 네가 도시에서 살아서 잘 모르는 모양인데 이런 데는 다 끼리끼리 붙어먹어."

친척 어른의 걱정스러운 말에 노형진은 씩 웃었다.

"걱정하지 마세요. 저도 잘 알고 있습니다."

노형진은 그런 친척 어른을 진정시키고 이번에는 자신의 핸드폰을 들었다.

그리고 자신을 도와줄 수 있는 가장 힘 있는 사람에게 전화를 했다.

"나 형진이다."

ㅡ얼레? 이 시간에 어쩐 일이야? 너 장례식 간다면서?

오광훈은 노형진의 전화에 깜짝 놀랐다.

장례식장에 간다고 했는데 전화가 왔으니까.

"사실은 문제가 생겼다."

ㅡ문제?

"그래, 도로를 막고 돈을 내놓으라는 놈들이 있어서 말이야."

-장례식 차량을?

"그래."

-미친놈들일세.

"미친놈들이지. 그런데 더 문제는 경찰이 한패가 될 예정
이라는 거야."

-뭐? 한패면 한패지, 예정은 또 뭐야?

"그런 게 있어. 확실하게 이루어질 일종의 예언 같은 거."

-너 이제 점도 보냐?

"그건 아닌데 감찰부 좀 보내라. 그리고 바로 체포할 수
있게 수사관도 같이. 아, 그리고 경찰로 보내지 마. 알지, 끼
리끼리 붙어먹는 거?"

-당연히 알지. 거기가 어디라고?

"조수리."

-오케이, 알았다. 지역 검찰청 조회하고 그쪽에 이야기해
서 바로 보낼게.

"부탁할게."

노형진이 감찰부와 경찰을 동시에 부르자 떨떠름한 표정
이 되는 사람들.

하지만 노형진의 신고는 아직 끝난 것이 아니었다.

"여보세요. 거기 도청이죠?"

-무슨 일이시죠?

"어떤 미친놈들이 도로를 부수는데 구청 직원이 모른 척하

네요."

　―네? 그게 무슨 말씀이세요?

　"어떤 미친놈들이 도로를 막고 부수고 있는데 구청 직원을 불렀거든요. 그런데 구청 직원이 좋은 게 좋은 거라고 돈을 내고 지나가래요."

　―돈요?

　도청의 직원은 입을 쩍 벌렸다. 도로를 부수는 것도 미친놈인데 구청 직원이 그걸 방치하고 돈까지 주라고 한다는 게 그로서는 이해할 수 없는 세계였으니까.

　"돈 500만 원 안 주면 도로를 모조리 박살을 낸다는데 어떻게 할까요?"

　―저기, 경찰 부르셨어요?

　"불렀죠. 그런데 경찰도 좋은 게 좋은 거라고 돈 주라는데요? 한 300만 원만 주면 통과시켜 줄 거라고."

　―…….

　상대방은 아무런 말도 못 했다.

　아니, 할 수가 없을 것이다.

　이런 황당한 경우는 처음일 테니까.

　―당장 사람을 보내겠습니다. 거기가 어디라고요?

　"조수리 입구입니다."

　노형진은 거기까지 통화를 마치고 나서 미소를 지었다.

✇

　"자, 그러면 우리 일을 하죠."

　"일을 하자고?"

　"네, 다들 핸드폰들 있으시죠? 지금부터 저들이 하는 행동을 하나하나 찍으셔야 합니다. 아셨죠?"

　그렇게 말한 노형진은 차에서 내려서 이장에게 다가갔다. 그리고 씩 웃었다.

　"그래서 공사 안 하세요?"

　"뭐?"

　"그래서 공사 안 하시냐고요. 도로 공사하신다면서요?"

　"아니, 그게……."

　"안 하실 거면 비켜 주시든가요. 뭐, 곡괭이는 폼으로 가져다 두셨나요?"

　"그건 아닌데?"

　"근데 왜 공사 안 하세요?"

　이장은 눈을 데굴데굴 굴렸다.

　경찰을 부르는 줄 알았는데 차에서 내려서 한다는 말이 공사 안 하냐는 거라니?

　"공사 안 하실 거면 이거 저희가 치우고 지나갑니다."

　노형진은 직접 움직여서 입구를 막고 있는 공사 표지판에 손을 댔다. 어차피 공사는 시작도 하지 않았으니 사실 그걸 치우고 지나가면 그만이다.

"무슨 소리야! 당장 시작할 거야! 이봐, 다들 뭐 해! 공사 시작해!"

"네? 이장님? 지금 공사하라고요?"

"뭔 말이 많아! 공사하라잖아! 공사해야지!"

"그건 그런데……."

멀뚱하게 보고 있던 사람들은 어색하게 곡괭이를 들고 공사를 시작했다. 하지만 흙도 아닌 시멘트 바닥을 곡괭이로 부수려고 하는데, 그게 쉬울 리가 없다.

"아니, 왜 그렇게 힘을 못 쓰세요. 구멍이나 나겠어요? 팍팍 휘둘러 봐요."

그런데 공사를 멈추자니 노형진이 실실 웃으면서 바라보고 있다.

"크흠."

"에엣!"

그 말에 사람들이 어쩔 수 없이 도로의 옆에 곡괭이를 휘둘러서 조금씩 부수어 나가는 그때, 저 멀리 사이렌이 울리면서 경찰차가 다가왔다.

앵앵.

"헉헉, 드디어."

경찰이 오자 땀을 뻘뻘 흘리던 사람들이 손을 멈췄다.

"경찰하고 공사하고 무슨 관계예요? 일 안 해요?"

노형진은 그런 그들에게 빈정거렸지만 그들은 노형진을 대놓고 무시했다.

그러는 사이 경찰차가 도착했고 두 명의 경찰이 다가왔다.

"무슨 일입니까?"

"장례차가 지나가야 하는데 길을 막고 못 가게 하고 있네요."

노형진은 다른 사람들이 발끈해서 뭐라고 하려고 하는 걸 막고 혼자 말했다.

'이럴 때 말하는 사람이 많으면 도리어 손해지.'

확실하게 상황을 녹음하려면 정해진 사람만 말을 해야 한다.

"길을 막고 있어요?"

경찰은 잠깐 당황한 듯 보였지만 이내 이장에게 다가가서 몇 마디 말을 하기 시작했다.

그리고 이내 다가와서 중재를 하기 시작했다.

"이런 건 그냥 적당히 인사하고 지나가시지요?"

"인사라고 하시면?"

"일종의 전통 같은 겁니다. 그냥 한 300만 원 정도 주시고 지나가세요."

'그래, 내가 그럴 줄 알았다.'

처음부터 500만 원을 불렀지만 대부분 이런 경우는 처음에는 일단 무리하게 부르고 그 돈을 나중에 깎아서 협상을 하는 경우가 많다.

바로 그때 많이 쓰이는 단위가 300만 원이다.

'전통 같은 소리 하고 자빠졌네.'

전 세계에 어디에도 이딴 전통은 없다.

이건 전통이 아니라 범죄다.

"그래요? 하지만 전 줄 생각이 없는데요."

"하지만 여기에 와서 공사를 하시는 분들의 사정도 있지 않습니까?"

"이장님은 공사 인력이 아니시고, 고작 네 명이요?"

"요즘 노가다 인건비 엄청 셉니다."

"제가 보기에는 일한 시간이 채 한 시간도 안됐는데요. 저도 지금 하는 일 때려치우고 노가다나 뛸까요?"

"그러지 마시고요. 좋은 게 좋은 거 아닙니까? 그냥 적당히 인사하고 지나가세요. 저쪽은 오늘 하루 공사 공치는 건데."

"그런데 그 공사가 제대로 된 공사여야 말이죠."

"네?"

"구청에서는 모른다던데요? 아, 오시네요."

한 대의 차량이 이쪽으로 오더니 그 차에서 한 남자가 내렸다. 그리고 내리자마자 이장에게 꾸벅 인사를 했다.

'그래, 안 봐도 뻔하다.'

구청이라고 하면 공무원이라 중립을 지킬 것 같지만 결국 끼리끼리 붙어먹는다.

사실 이장이라고 하면 이런 시골에서는 제법 파워가 센 편이다. 그래서 구청 정도의 공무원은 이장이 미쳐서 날뛰면 공직 생활하기가 상당히 힘든 데다가 다른 곳으로 옮겨 가는 것도 쉽지 않기 때문에 결국은 그들 편을 들어 줄 수밖에 없다.

"구청 직원이 오신 것 같네요. 여기 공사가 계획에 없다는데 말이나 됩니까?"

노형진은 구청 직원이 나타나자 대놓고 따졌다.

구청 직원도 오자마자 무슨 소리인가 하는 표정을 짓더니 서 있는 장례차를 보고 머리를 절레절레 흔들었다.

'한두 번 해 본 짓이 아니구먼.'

만일 처음 있는 일이라면 아마도 구청 직원이 저런 표정을 하지는 않았을 것이다. 하지만 한두 번이 아니니까 저런 포기했다는 표정을 지은 것이다.

"보세요. 저기 부서진 도로 보이십니까?"

노형진이 나서서 깐죽거린 덕분인지 도로는 여기저기 부서져 있었다.

그걸 본 구청 직원은 살짝 눈을 찡그렸다. 돈을 뜯어내는 건 뜯어내는 거고 도로까지 부수는 건 곤란하니까.

"이러시면 곤란하죠."

"그러니까 빨리 비키라고 하세요."

노형진의 말에 이장은 코웃음을 쳤다.

"공사를 계속해야 한다니까요?"

"구청 직원도 모르는 공사를요?"

"구청에서 우리 동네의 모든 것을 다 알 필요는 없지요.

우리가 다 알아서 하는 거 아니겠습니까? 그런 게 지방자치 아닙니까?"

'지랄하고 자빠졌네.'

지방자치는 스스로 민주적으로 일하라는 거지 길 막고 돈 뜯어내라는 게 아니다.

그게 지방자치면 산적은 무슨 민주 투사라도 된단 말인가?

"진짜 당신들, 말로는 안 되는군요."

노형진은 더 이상 싸울 생각을 하지 않았다. 어차피 다 예상한 일이었고, 그래서 상급 기관을 부른 것 아닌가?

"저기요, 장례 중이신 것 같은데 좋은 게 좋은 거 아닙니까? 아무래도 무덤이 생기면 주민들도 기분이 안 좋고 하니까 한 300만 원 정도 주시면 좋게 해결할 수 있을 것 같은데요."

슬쩍 편들어 주는 구청 직원. 그 말에 노형진은 기가 막혔다.

"그곳은 이곳으로 들어가서 5킬로미터나 더 들어가야 합니다만?"

동네 근처라고 볼 수도 없는 곳에 위치한 선산이다.

물론 과거에 주변에 다른 마을이 있었다고는 들었다.

하지만 시대가 바뀌면서 그 마을은 사라졌다.

시골에 그런 식으로 사라지는 마을이 한두 개가 아니다.

"그래도 자기 집 앞으로 장례차가 지나가는데 좋아하는 사람도 없고……."

"그런 식으로 보면 장례식장 앞에 사는 사람들은 아예 우울증에 자살해야겠습니까?"

　노형진은 구청 직원과 경찰을 보면서 혀를 끌끌 찼다.

　'이거야 원, 예상은 했다지만.'

　만일 한쪽이라도 강력하게 브레이크를 걸었다면 아무리 이장이라고 해도 이런 짓은 못 한다.

　하지만 그들 중 누구도 총대를 메고 브레이크를 걸지 않았기에 아주 당연한 권리인 듯 이장이 날뛰는 것이다.

　"뭐, 좋습니다. 시간을 더 이상 끌 필요는 없겠지요."

　그 말에 세 사람의 얼굴이 환해졌다.

　이장은 돈을 받을 생각에 기분이 좋았고, 두 사람은 더 이상 속 썩일 일이 없다고 생각했으니까.

　하지만 노형진은 돈을 주겠다고 한 게 아니었다.

　아주 대놓고 당당하게 말하기로 한 것이다.

　어차피 필요한 증거는 다 모았으니까.

　"그리고 보니 제 소개를 안 했군요."

　노형진이 갑자기 정식으로 자기소개를 하겠다고 하자 어리둥절한 표정이 되는 세 사람.

　물론 소개할 시점이 아주 한참 전에 지나기는 했다.

　하지만 그렇다고 해서 이제 와서 소개라니.

　그러나 노형진이 명함을 꺼내고 자기소개를 했을 때 그들은 똥 씹은 얼굴이 뭔지, 확실하게 자신들의 얼굴로 보여 줬다.

　"노형진이라고 합니다. 현재 법무 법인 새론에 근무 중이

이것이 법이다

고 이사직을 맡고 있습니다."

"벼…… 변호사셨습니까?"

경찰은 아차 싶었다.

변호사라고 하면 이 상황을 그냥 넘어갈 리가 없기 때문이다.

"아, 당장 이걸 치워 드리겠습니다. 저희가 몰라보고……."

"아아, 그거 손 그대로 떼세요. 지금부터 이건 범죄 현장의 증거입니다. 그거 치우시면 증거인멸이 성립됩니다. 무슨 뜻인지 아시죠?"

"아니, 증거인멸까지는 아니죠. 그래도 통행을 위해서……."

"걱정하지 마세요. 얼마 안 걸릴 테니까요. 아, 전화 오네요. 잠시만요."

노형진이 전화를 들자 그 건너편에서 오광훈의 우렁찬 목소리가 들려왔다.

―어디야?

"아직 거기야. 왜 안 와?"

―난 못 가지. 안 그래도 거기 못 찾고 있다고 해서 내가 전화한 거다. 정확한 주소 맞아?

"아까 준 주소 맞다니까. 아, 저기 보이네. 뭐야? 차가 왜 두 대야?"

―뭐? 차가 두 대야? 나야 모르지, 감사 팀을 보내라고만 했으니까. 왜, 인원이 부족해? 경찰 중대라도 보내 줄까?

"그럴 필요는 없겠다. 다른 쪽은 다른 부서 소속인 것 같네. 같이 오나 보네. 땡스. 일단 이쪽은 내가 알아서 할게."

　─오케이.

　노형진이 이 모든 통화를 스피커폰으로 했기 때문에 통화
가 끝났을 때 세 사람은 얼굴이 사색이 되었다.

　"아니, 이게 무슨……."

　"잠깐만요. 이렇게 빨리?"

　"저기요, 노 변호사님. 이건 오해가 있었던 것 같은데……."

　"오해라니요. 오해는 무슨 오해입니까?"

　"아니, 그러지 마시고……."

　"그러지 말긴요. 변호사인데 편한 법을 두고 왜 굳이 말싸
움을 합니까?"

　노형진은 싱글거리면서 웃으며 말했고 그사이 도착한 차
에서는 사람들이 우르르 내렸다.

　"도청 감사실에서 나왔습니다."

　"검찰청 부패 조사관입니다. 신고가 들어왔던데요."

　두 사람이 다가오자 구청 직원과 경찰의 얼굴은 아예 사색
이 되었다.

　"여기입니다. 이분들이 길을 막고 장례차를 못 지나가게
하고 계신데요."

　"하아."

　그 말에 양쪽 사람들의 얼굴이 잔뜩 찡그러졌다.

　시골에서는 이런 신고가 종종 있기 때문이다.

'문제는 이 사람들이 그걸 알았을 때는 이미 모든 게 끝난 시점이라는 거지.'

하지만 지금은 현행범이다.

"어…… 어떻게 이리 빨리……?"

구청 직원은 당황해서 말하면서도 어쩔 줄 몰라 했다.

노형진은 그런 그에게 간단하게 말했다.

"당신들이 그럴 줄 알고 당신들을 부를 때 저쪽도 동시에 불렀거든요."

구청과 지역 파출소는 당연히 빨리 온다.

하지만 공직자 비위 사건의 경우 본청 감사실에서 나와야 하는데, 그러면 당연하게도 오는 데 시간이 걸린다.

"출발 자체는 당신들과 비슷했겠지만요."

이미 모든 것을 예상하고 신고했다는 말에 구청 직원과 경찰들은 얼굴이 사색이 되었다.

"현장을 확인한 이상 저희가 조사해야겠습니다. 동행해 주셔야겠습니다만?"

"동행이라니요?"

노형진은 버스 쪽으로 가더니 다른 사람에게서 핸드폰을 받아 왔다.

"모든 것이 다 여기 있습니다. 길을 막고 협박하고 갈취하고 서로 협잡질하는 것까지요. 이 정도면 동행이 아니라 그냥 현장 체포 수준입니다만."

"그래요?"

검찰 쪽 사람은 핸드폰을 열어서 확인했고, 근처에 서 있던 사람들은 그걸 보고 어쩔 줄 몰라 했다. 설마 일이 이렇게 될 줄 모르고 노형진에게 돈을 내놓으라고 어르고 달랬으니.

"현행범 수준이네, 이거."

"아니, 감사관님, 그게 아니라⋯⋯."

"수갑 채워."

"네?"

그 말에 경찰은 자신의 귀를 의심했다. 수갑이라니?

"현행범인 거 다들 아실 텐데요? 이 사람들 모조리 수갑 채워."

"아니, 잠깐만요. 그 정도까지는 아니지 않습니까?"

그 말에 뒤에서 조용히 영상을 보던 도청 감사실 직원이 비웃음을 날렸다.

"그 정도까지는 아니라고요? 그런 썩어 빠진 정신으로 일을 했으니 이런 일이 벌어지지요."

"감사관님, 수갑까지는⋯⋯."

"범죄자를 체포할 때의 기본은 수갑을 채우는 거 아닌가요?"

경찰들은 다급했다. 사실상 자신들의 커리어가 끝장났다는 건 알지만 그래도 자신들이 경찰이다 보니 수갑만은 피하고 싶었기 때문이다.

"그래도 수갑은 도주의 위험 같은 게 있을 때나 하는 게 맞습니다!"

"그래요?"

노형진은 코웃음을 날렸다.

"그런데 어쩌나? 이미 일행은 도주했는데?"

"네?"

"그게 무슨 말이오!"

이장은 깜짝 놀라서 몸을 뒤로 돌렸다.

어느 틈에 도망갔는지 도로를 열심히 깨부수던 네 명은 흔적도 없이 사라진 후였다.

"어느 틈에!"

"보다시피 공범이 네 명이 더 있었습니다. 그런데 도망갔네요."

그 말에 검찰의 감사관은 고개를 끄덕거렸다.

"공범이 도망갔는데 이들이 도망가지 않을 이유도 없죠. 수갑 채워."

검찰 수사관은 두 명의 경찰과 한 명의 구청 직원 그리고 이장에게 수갑을 채웠고, 그들의 손목에는 까드득 소리와 함께 수갑이 조여 들어갔다.

노형진은 그걸 흐뭇한 표정으로 바라보다가 남은 네 명이 도망간 방향을 바라보았다.

'그놈들은 병신인가?'

이미 녹화가 다 되었고 이장이나 나머지 세 사람은 그들이 누군지 안다. 그리고 도망가 봐야 그들이 진짜 외부 인력이 아닌 동네 마을 주민이라는 것도 안다.

'도망가 봐야 부처님 손바닥 안이지.'

하지만 노형진은 그들이 도망가게 됐다.

그래야 제대로 엿을 먹일 수 있으니까.

"좋습니다. 이 사람들은 저희가 연행해 가죠. 이쪽은 어떻게 하시겠습니까?"

"저희는 장례를 치르러 가 봐야지요."

노형진은 그렇게 말하고 길을 가로막던 장애물들을 치웠다.

그리고 핸드폰을 꺼내서 시간을 확인했다.

"1시간 27분 만에 끝났네요."

"그래, 가자꾸나."

노문성은 칭찬을 하지 않았다. 지금은 장례식 중이다.

잘했다고 칭찬하거나 이겼다고 좋아할 수는 없는 일이다.

"이런 일이 벌어져서 죄송합니다."

감찰관은 미안한 듯 말했다. 소문은 들었지만 눈앞에서 벌어진 일을 보니 진짜 얼마나 썩었는지 알 것 같았기 때문이다.

"미안하실 건 없습니다."

노형진은 다시 버스에 올라타면서 느긋하게 말했다.

"제가 바빠서 2차전은 장례식을 치르고 할 거거든요."

그리고 그 말에 수갑이 채워진 채로 멍하니 서 있던 네 사람의 얼굴은 사색이 되고 말았다.

가문의 복수다

"나는 노형진. 원한은 잊지 않는 남자지."

"자지?"

"넌 대가리에 든 게 그딴 것뿐이냐?"

노형진은 장례를 치르고 나서 천천히 움직이기 시작했다.

"개그를 이해 못하다니. 요즘은 섹드립이 대세인 거 몰라?"

"그건 섹드립이 아니라 성희롱이라고 하는 거다. 그리고 그걸 왜 나한테 해? 받아 줄 사람 있잖아?"

"누구?"

"그나저나 백자연은 뭐 하냐?"

"어허! 누구 인생길을 망치려고!"

얼굴이 사색이 된 오광훈이 잽싸게 입을 막으려고 들었기에 노형진은 기겁했다.

"너 인마! 운전 중이잖아!"

"아, 맞다."

"맞다? 치매 왔냐?"

"아, 씁. 자연이 이야기하지 마. 안 그래도 죽겠다."

"그래, 알지."

노형진은 고개를 끄덕거렸다.

'요즘 거기 검찰에 모르는 사람이 어디 있냐.'

매일같이 찾아오는 늘씬한 아가씨.

처음에는 '오광훈에게 봄이 왔네, 이제 오광훈의 시대가 왔네.' 하면서 부러워하던 사람들도 그녀가 고작 고등학생이라는 사실을 알자마자 '오광훈 개새끼 씹새끼, 사고 치는 순간 내가 먼저 수갑을 채우겠다.'로 분위기가 바뀌었다.

당연히 오광훈은 죽을 맛이었고.

"걔 왜 그러냐?"

"몰라서 묻냐?"

"후우, 미치겠네."

"뭐, 지금을 즐겨라. 어차피 대학에 가면 남자 친구가 생겨서 헤어지는 거야."

"그게 문제야. 대학에 안 간대."

"뭐?"

"현모양처는 대학에 안 가도 이룰 수 있는 꿈이란다."

"일단 너부터 잡아넣어야겠다."

"미치겠다."

한숨을 푹푹 쉬는 오광훈을 보면서 노형진은 피식 웃었다.

"그 이야기는 그만하자. 안 그래도 요즘 그거 때문에 스트레스성 탈모가 생겼으니까."

"한자 외울 때도 안 오던 탈모가 여자 때문에 오다니. 혹시 다른 이유에서 오는 거 아냐?"

"뭐? 무슨 이유?"

"탈모의 원인은 남성호르몬이라잖아? 갑자기 요즘 남성호르몬이 급격하게 상승했다거나······."

"너! 그거 성희롱!"

"이건 섹드립이고."

"아, 진짜!"

노형진에게 말로 못 이기겠다고 생각한 오광훈은 슬쩍 말을 돌렸다.

"그나저나 당사자들은 체포했잖아. 그런데 뭔 2차전을 치르겠다는 거야?"

노형진은 그 말에 그냥 순순히 넘어가 주기로 했다.

너무 놀리면 익숙해져서 나중에 놀리는 재미가 없으니까.

"당사자가 체포당하기는 했지. 하지만 그들이 전부는 아니야."

"아니라고?"

"그래, 일종의 총대를 멘 것뿐이지."

현장에서 체포된 이장과 구청 직원 그리고 경찰들, 네 명은 모든 업무가 정지된 상태다.

특히나 구청 직원과 경찰 두 명은 처벌을 피할 수가 없는 상태였고, 최악의 경우 파면을 당할 수도 있었다.

"하지만 그런 걸 함께 누리면서 살던 인간들이 있지."

"그 동네 사람들 말이구나."

"그래, 그날 도망간 놈들을 포함해서 말이지."

노형진은 그들을 절대 용서할 생각이 없었다.

"아무리 세상에 돈이 좋다고 하지만 할 짓과 못 할 짓은 있는 거야."

"그렇지. 내가 조폭이었지만 그래도 장례 치르는 건 안 건드렸다."

조폭도 장례식장의 돈을 털어 갈 생각은 안 한다.

하지만 마을 주민들은 장례식이 끝난 후에 부조금으로 들어온 현금이 많다는 걸 알고 그걸 털기 위해 그런 식으로 함정을 판 거였다.

"그 인간들 그냥은 못 놔둔다."

노형진은 이를 빠드득 갈았다.

안 그래도 힘든 유가족들은 그 일로 더욱 힘들어했다.

시간 자체는 짧았지만 남편을 위한 장례도 제대로 치르지 못한다는 생각에 얼마나 고통스러웠겠는가?

"그래서 2차전이란 말이지?"

"그래, 이런 건 그냥 두면 또 똑같은 짓을 하거든."

당장 이장은 말을 안 하고 있지만 그들이 했던 행동을 보면 과거에 똑같은 짓을 했으리라는 걸 예상하는 것은 어려운 일이 아니었다.

"그러니 마을 하나 작살내서 다시는 이런 짓거리 못 하게 할 거야."

"그렇게까지 해야 할까?"

"해야지. 내가 당사자고 우리 집안이 당사자야. 무슨 뜻인지 알아?"

"그게 무슨……. 아…… 맞다. 선산이라고 했지?"

선산. 그러니까 가문에서 집안사람들의 무덤으로 쓰는 산이라는 소리다.

"그 말은 우리 가문을 대상으로 그런 짓거리를 계속 해 왔다는 소리야."

물론 가문이라고 해도 모든 사람들을 아는 게 아니기에 노형진이 모든 장례식에 참여한 것은 아니었다.

그래서 지금까지 몰랐던 거다.

"그러네. 이 새끼들, 지금까지 그래 왔겠네."

물론 다른 가문의 선산이 근처에 있을 가능성도 있다.

설사 그렇다고 해도 노형진의 가문에 해 온 짓거리가 사라지지는 않는다.

"다른 사람이 당해도 화가 나고 어이가 없는 일인데, 우리 집안사람들에게 그런 짓을 한 건데 어떻게 넘어가냐?"

"그건 그렇다."

오광훈도 고개를 끄덕거렸다.

아무리 현대에는 가문이니 친척이니 하는 개념이 약해졌다고 해도 결국 위험할 때 도와주는 것은 핏줄이니까.

"그러니까 다시는 우리 집안을 못 건드리게 박살을 내 놔야지."

"네가 흥분할 만하네. 그래서 이 모든 걸 준비한 거야?"

"그래, 이제부터 시작이야."

노형진은 속으로 분노를 삼키며 시선을 차창 밖으로 돌렸다.

오광훈의 차는 어느새 마을로 들어가기 시작했고 낯선 차가 들어오자 마을 주민들은 뭔가 하고 고개를 내밀었다.

"가자."

"그래."

노형진은 고개를 끄덕거리고 차에서 내렸다.

그러자 지금까지 따라온 차에서 한 남자가 다가왔다.

"광훈아, 넌 안 와도 된다니까."

"친구 일이라서 그래요."

"그래, 뭐, 나 같아도 어이가 없어서 눈 뒤집어질 일이기는 하지."

남자는 고개를 끄덕거리며 말했다.

"걱정하지 마. 내가 제대로 해 줄게."

남자가 그렇게 말하는 사이에 다른 차량에서는 형사들이 속속 내리기 시작했다.

"자, 다들 들었지요? 지금부터 현상 수배범에 대한 수색을 시작하겠습니다. 체포하는 즉시 수갑을 채우고 구금하세요. 현장에서 도주한 경험이 있는 자들이니까 이상 징후를 보이면 바로 포승줄로 묶으시고요."

"네, 검사님!"

사실 남자는 오광훈의 선배였다.

정확하게는 그렇게 기억하고 있는 사람이었다.

진짜 오광훈이 아닌 지금의 오광훈은 제대로 기억도 못 하지만, 그래도 알은척해 주니까 적절하게 대응해 주고는 있었다.

"구속영장이라……. 이런 걸로 어지간하면 안 나오는데 말이지."

남자는 손에 들린 구속영장을 보면서 피식 웃었다.

"제가 힘을 좀 썼습니다."

"하긴, 나 같아도 뭔 짓이든 하겠어."

그는 고개를 끄덕거렸다.

사실 그들이 현장에서 도주했다고 하지만 그들이 갈 곳은 뻔하다.

그래서 어지간하면 구속영장은 나오지 않는다.

하지만 노형진은 자신의 법률적 인맥과 모든 능력을 총동

원해서 구속영장이 나올 수 있게 최선을 다했다.

그래서 단순 장례식 방해뿐만 아니라 도로를 파괴한 공공 기물 파손 그리고 갈취까지 묶어서 구속영장이 나왔다.

'그리고 그들이 누군지 이미 알아 났단 말이지.'

아무리 이장이 말을 안 한다고 해도 마을의 주민은 고작해야 백서른 명 정도.

그 안에서 이런 일을 할 정도로 나이가 되는 사람은 그다지 많지 않다.

"수색해."

당연히 그들이 어느 집에 있는지 알고 있는 경찰들은 구속영장을 들고 집안으로 들이닥쳤다.

조용하게 저녁을 먹으려고 하던 가족들에게는 날벼락이 따로 없었다.

"아니, 이게 무슨 일이에요?"

"용서 아빠! 이게 뭐예요? 이게 무슨 일이냐고요!"

"아이고, 경찰 슨상님! 잘못했습니다! 제발 한 번만 봐주세요!"

가족의 눈앞에서 수갑이 채워져 끌려 나오는 사람들.

그들은 안 그래도 현장에서 잡혀간 이장 때문에 혹시나 불똥이 튀지 않을까 걱정을 하고 있었다.

'기껏해야 경찰에서 소환장이 날아올 거라 생각했겠지.'

사실 이런 건 노형진이 안 끼면 그다지 큰 사건으로 취급

받지 못한다.

기껏해야 벌금 정도?

물론 그건 지금도 마찬가지다.

'하지만 그 안에서 아주 악착같이 괴롭힐 수는 있지.'

그 첫 번째가 바로 가족들 앞에서 수갑을 채우고 끌어내는 것이다.

"아이고, 이게 무슨 일이야! 아이고. 아이고!"

당연히 가족들은 난리가 났다.

자신의 가족이 수갑을 채우고 끌려 나갔으니까.

"지랄한다."

그걸 보고 오광훈은 피식 웃었다.

"왜?"

"아니, 그냥 웃기잖아. 저들이 저렇게 울고불고 대성통곡 한다고 해서 피해자들의 유가족들이 받을 충격의 절반이나 될까?"

"너도 그런 말을 할 줄 아냐?"

"나도 장례 치러 본 놈이야."

오광훈은 주머니에서 담배를 꺼내서 물면서 안타깝게 말했다.

"내가 감방도 가 보고 장례도 치러 보고 했는데, 아무리 개 같은 자식이라고 해도 이승에서 굴러야 가족들은 좋아하더라. 뒈지면 진짜 아무것도 못 해요. 수갑 차고 끌려가 봐야 그날만 놀라고 말지."

자세한 말을 하지 않는 그였지만 노형진은 더 이상 묻지 않았다.

대충 눈치만 봐도 좋은 기억은 아니니까.

"아이고, 슨상님!"

"뭐 해? 태워!"

"우리 애아빠는 잘못 없어요. 진짜예요!"

가족들은 어떻게 해서든 막으려고 했지만 구속영장이라는 게 막고 싶다고 해서 막아지는 게 아니었다.

도리어 가족들에게 검사는 차갑게 말했다.

"여기서 체포 방해하시면 공무집행방해죄로 같이 감옥에 가실 수 있습니다. 손 떼세요."

"아이고, 어무니. 저 금방 와요. 걱정하지 마요."

"거참, 누가 보면 독립운동하다가 끌려 나가는 줄 알겠네."

노형진이 가족을 진정시키는 그들을 보면서 비웃음을 날렸다.

분노에 찬 눈빛으로 노형진을 잠깐 살피던 사람들은 이내 고개를 돌릴 수밖에 없었다.

그 뒤에서 오광훈이 눈을 부라리고는 손가락에 수갑을 걸고 흔들고 있었으니까.

"독립운동은 혼자서 구치소에 가서 실컷 하시고요."

그들은 결국 경찰차에 실려 본청으로 끌려갔다.

지금까지 그들을 도와준 건 파출소였지만 파출소는 사실상 이번 사건으로 초토화되고 있는 상황이었고, 파출소가 연루된 걸 뻔하게 아는데 그들을 다시 보내 줄 사람은 없었다.

"속이 좀 시원해?"

"시원은 개뿔. 내가 이 정도로 끝낼 거였으면 복수라는 소리도 안 했다."

"하긴. 네가 그렇게 호락호락한 놈이 아니지."

오광훈은 고개를 끄덕거렸다.

사실 충격을 주기는 했지만 그다지 큰 피해가 있는 것은 아니니까.

"진짜 끝장은 지금부터야."

⚖️

가족들이 체포당하자 당연하게도 그 지역의 사람들은 난리가 났다.

매일같이 구치소를 들락날락하고 변호사를 찾아가면서 사건을 수임 해결하고 당연히 합의를 보기 위해 찾아왔다.

그러나 그들이 찾아왔을 때 들은 말은 충격적이다 못해서 세상이 무너지는 소리였다.

"얼마요?"

"합의금으로 7,800만 원을 요구합니다."

"무슨 말도 안 되는 소리예요! 7,800만 원이라니!"

고작 한 건이다.

물론 그때 요구한 돈이 처음에는 500만 원이었지만 그 돈을 받지도 못했다.

그런데 말도 안 되는 터무니없는 금액이 나온 것이다.

"그렇게 생각하세요?"

노형진은 피식하고 비웃음을 날렸다.

"이미 알아봤습니다."

"뭘요?"

"그곳을 통해서 가는 선산. 그건 우리 가문에서 쓰는 곳이죠. 당연히 문중을 통해 장례식을 치르러 갈 때 돈이 뜯긴 적이 있는지 알아봤지요."

그 말에 마을에서 대표로 나온 사람은 얼굴이 사색이 되었다.

"무려 스무 번이더군요. 그것도 우리가 확인한 것만 해도 말이죠."

한 건당 300만 원만 해도 6천만 원. 절대로 작은 돈이 아니다.

"그 돈을 먹고 고작이라는 말이 나옵니까?"

"그러면 그 합의금이 무려 7,800만 원이란 말입니까?"

"아니요, 그중 열 건만입니다."

다른 열 건은 아직 의뢰를 못 받았다.

그래서 합의를 하고 싶어도 못 한다.

"한 건당, 그 당시 가지고 갔던 돈과 정신적 치료비에 상응하는 돈을 청구한 겁니다."

"그게 무슨 말입니까!"

"이런 거죠. 나머지 열 건도 제가 연락처 다 찾아내서 소송하게 되면 그만큼을 더 내셔야 한다는 소리입니다. 물론 더 찾아내면 더 내셔야지요."

그 말에 마을 대표는 입을 쩍 벌렸다.

'그래, 그 돈 가지고 펑펑 쓸 때는 좋았겠지.'

노형진은 피식 웃었다.

안 봐도 뻔하다. 꽁으로 생긴 돈을 쓰는 건 좋았을 거다.

"그래서 말인데, 그 돈 어디에 썼습니까?"

"에?"

"마을 발전 기금이랍시고 뜯어 갔는데, 수천만 원의 돈을 어디에다가 썼느냐 말입니다."

"당연히 마을 발전 기금으로 썼지요."

"그러니까 어떤 거요?"

"그 뭐냐…… 고추 말리는 기계를 샀던가? 아니면 우물 펌프를 샀던가? 파종기도 샀고……."

"아, 그러군요."

노형진은 고개를 끄덕거렸다.

"그러면 그 이득은 마을 사람들이 함께 누린 거네요?"

"그건 그런데……."

"그러면 그 합의금을 같이 내 달라고 해 보세요."

"뭐요?"

"그렇지 않습니까? 누릴 만큼 누렸으니 그에 상응하는 대가도 같이 치러야 하지 않겠습니까?"

노형진은 웃으며 말했지만 그 안에 얼마나 잔혹한 독이 섞여 있는지 그들은 알지 못했다.

⚖️

당연하게도 그들은 다음 날부터 다른 마을 주민들을 찾아가서 합의금을 나눠 내 달라고 부탁했다.

하지만 화장실에 들어갈 때와 나올 때가 다른 것이 바로 인간이다.

"그럴 돈이 어디 있어요?"

"평진댁, 그러지 말고 좀 내줘. 우리 남편이 감옥에서 너무 힘들어해서 그래."

"아니, 이장님이 저지른 일이시잖아요? 그걸 왜 우리가 내요?"

"무슨 말을 그렇게 해? 우리 남편이 혼자 좋자고 그런 거야?"

"그런 거 아니에요? 막말로 그런 말도 안 되는 짓을 하는 게 잘못된 일이라는 건 세 살 먹은 어린애도 아는 일인데."

"아니, 평진댁! 듣다 보니 좀 그러네. 우리 남편이 잘못했다는 거야, 뭐야?"

"잘못한 건 잘못한 거죠."

7,800만 원. 절대로 작은 돈이 아니다.

더군다나 다른 사건까지 수임하면 그 돈이 두 배가 될 수도 있다는 소리에 마을 사람들은 너도나도 돈을 내는 것을 꺼리기 시작했다.

사실 가난한 시골 마을에서 7,800만 원은 절대 작은 돈이 아니다.

"듣다 보니 너무하네!"

"제가 틀린 말 했어요? 어떻게 사람이 장례식 차를 막고 돈을 내놓으라고 협박을 해요?"

체포된 사람은 다섯 명.

그들의 가족들은 어떻게 해서든 마을 사람들에게서 돈을 받아서 합의금을 내고 싶어 했지만, 마을 사람들 입장에서는 절대로 그 돈을 줄 수가 없었다.

"저는 못 드려요. 우리 먹고살 돈도 없어요."

"무슨 말을 그렇게 해! 우리가 도와준 게 얼만데!"

"그건 그거고. 우리가 이득 본 것도 없는데 왜 이장님 때문에 우리까지 돈을 내야 해요?"

이장의 부인은 입을 쩍 벌렸다.

자신의 남편이 일 잘한다고 하던 인간들이 한순간 안면을 몰수하고 돈을 못 준다고 버티기 시작했기 때문이다.

하지만 고난은 아직 끝난 게 아니었다.

"큰일 났어요! 여기로 나와 보세요!"

갑자기 누군가의 목소리가 온 동네에 울려 퍼지자 사람들은 그곳으로 다급하게 향했다.

그런데 그곳에는 노형진이 집행관들을 데리고 와서 고추 말리는 기계나 마을용 공동 펌프 그리고 파종기 등에 딱지를 붙이고 있었다.

"뭐 하는 짓이에요!"

"뭐 하는 거긴요. 당연히 압류하는 겁니다."

"압류라니요! 그건 마을 공동재산이라고요!"

"그래요?"

노형진은 슬쩍 품에서 녹음기를 꺼내서 내밀었다.

–그 뭐냐…… 고추 말리는 기계를 샀던가? 아니면 우물 펌프를 샀던가? 파종기도 샀고…….

마을 대표의 목소리가 흘러나오자 묘한 표정이 되는 사람들.

"이 물건들은 명백하게 범죄의 수익을 이용해서 구입한 것입니다. 그러니 당연히 압류 1순위이지요."

"하지만 그건 마을 사람들이 같이 쓰는 건데……."

"그건 내 알 바 아니죠. 일단 범죄의 수익으로 인한 물건인데요? 물론 이게 돈이 될지는 모르겠지만요."

노형진은 피식하고 비웃음을 날리며 웃었다.

"일단 팔아는 보겠습니다만 돈이 많이 부족할 것 같네요, 후후후."

"그걸 왜 빼앗은 거야? 네 말마따나 돈은 별로 안 되는데."

오광훈은 노형진이 마을 공동 물품을 빼앗은 게 이해가 가지 않았다.

진짜 돈을 노리고 한 일이라고 보기에는 좀 많이 부족했으니까.

"이간질하려고."

"응?"

"인간은 뻔해. 이득이 있으면 같은 편이지만 손해를 볼 때는 남이지."

"그래서?"

"아마도 가해자 가족들은 같이 누린 마을 사람들에게서 도움을 받아 합의금을 만들려고 했을 거야. 하지만 그걸 줄 리가 없지."

당연하게도 그러면 그들의 사이가 틀어지기 시작한다.

노형진이 노린 게 그거였고.

"그런데 반대로 마을 사람들 입장에서는 어이가 없거든."

같이 누린 건 사실이지만 자신들이 범죄에 관여한 적은 없다.

그냥 눈감고 있다가 이장이 돈을 가지고 오면 같이 쓴 거다.

"그러니 자기들은 잘못이 없다고 생각하지."

"그런데?"

"그 상황에서 마을 공동 물품들을 모조리 털리면 어떻게 생각할까?"

"어…… 글쎄?"

"생각 좀 하지?"

"으으으으…… 머리가……. 으…… 쥐야."

오버하는 오광훈을 보면서 노형진은 혀를 끌끌 찼다.

'이 새끼는 분명 고의적으로 이러는 거야.'

안 그러면 요즘 오광훈의 일 처리가 진행될 수가 없다.

아무리 노형진이 도와준다고 하지만 오광훈은 일자무식이었다.

그런데 한자를 외우면서도 조금씩 제대로 일한다.

'아마도 조금씩 업무 관련 기억이 돌아오는 모양인데.'

그런데 하는 행동을 보면 머리에 들어 있는 지식을 꺼내는 걸 무척이나 싫어한다.

'우리 애는 공부를 안 해서 그렇지 하면 잘해요, 인가?'

노형진은 한숨을 쉬면서 입을 열었다.

"마을 사람들 입장에서는 그 가해자들 때문에 마을 재산을 빼앗겼다고 생각하겠지."

"아하!"

당연하게도 두 집단은 거창하게 싸울 테고 마을은 풍비박
산이 날 것이다.

"그런 마을의 특징이 뭔지 알아?"

"뭔데?"

"좋게 말하면 이웃의 수저 숫자도 다 알고 있다는 거지.
나쁘게 말하면 이웃의 추문을 다 알고 있다는 거고."

"그래서?"

"그래서는 뭘 그래서야, 후후후. 추문이 퍼지면 마을이 박
살 나는 건 순간이지."

⚖️

이장은 눈이 격하게 떨리고 있었다.

자신의 가족들이 마을 사람들에게 당하는 걸 두 눈으로 보
고 두 귀로 들었다.

자신은 마을을 위해 헌신했는데 자신에게 돌아온 건 모독
과 범죄자라는 타이틀뿐이었다.

그리고 적지 않은 손해배상금까지.

"그래서 말입니다."

노형진은 이장에게 악마처럼 나지막하게 속삭였다.

"마을의 추문에 대해 써 주시면 이장님의 합의금은 면제해
드리지요."

"그럴 수는 없습니다."

"그래요? 그럼 별수 없고요. 하지만 아직 네 분의 동료가 남아 있다는 걸 아셔야 합니다."

그 말에 이장의 눈이 한층 격하게 떨리기 시작했다.

얼마 전 자신과 일하던 네 사람이 잡혀 들어왔다는 소식은 들었기 때문이다.

"그분 중 한 명이라도 입을 열면 이장님의 우정 어린 마음은 의미가 없어지는 거죠."

"그들이 그럴 리가…….."

"확신하십니까?"

노형진은 미소를 지으면서 이장과 눈을 맞췄다.

이장은 그런 그의 눈을 보고 격하게 떨기 시작했다.

"어차피 거기서는 못 삽니다. 아실 테죠? 그러면 다른 곳에 가셔야 하는데, 단돈 몇 푼이라도 더 있어야 외부에 집을 구하지 않겠습니까?"

노형진의 말에 이장은 침을 꿀꺽 삼켰다.

틀린 말은 아니니까.

"그래서 기회를 드리는 겁니다. 추문의 공개냐, 아니면 합의금이냐."

마을에서 거절한 이상 이장이 내야 하는 돈은 최소한 1,500만 원.

더군다나 그 돈은 늘어나면 늘어났지 줄어들지는 않을 상황.

"진짜로 제가 그걸 말하면 합의금을 안 줘도 되는 겁니까?"

"네. 원하면 각서를 써 드리죠."

그 말에 이장은 고개를 끄덕거렸다.

"종이와 펜을 주시면……."

⚖️

얼마 후 마을에는 대혼란이 찾아왔다.

그동안 쉬쉬하던 비밀들이 모조리 세상에 까발려졌기 때문이다.

누가 누구와 바람피웠다는 것부터 남자들이 읍내에 가서 어떤 여자와 놀아났는지, 심지어 누구 자식이 진짜 자식이 아니라는 소문까지.

"아악!"

"이 개 같은 년! 죽어! 죽어!"

노형진은 집 안에서 터져 나오는 고함 소리를 들으면서 미소 지었다. 그리고 그 건너편에서는 반대로 아내가 남편을 때려잡고 있었다.

"이게 뭔 소리야? 어? 읍내에 숨겨 둔 자식이 있다고?"

"아니, 그게……."

"아이고, 아이고! 날 속여? 어?"

마을 하나가 말 그대로 초토화되었지만 노형진의 얼굴에

는 미소가 가득했다.

"이야, 진짜 마을 하나 박살 내는 거 일도 아니네?"

"이런 마을은 있잖아, 서로 알면서도 쉬쉬하거든. 너도 알다시피 서로가 쉬쉬하면서 말하지 않는, 그러나 누구나 아는 비밀이 누설되면 그 반향은 엄청나게 커."

"그건 그렇지."

오광훈은 고개를 끄덕거렸다.

어떨 때는 누구나 다 아는 비밀이 더 반향이 큰 경우도 많다.

"이런 일이 벌어졌으니 이제 다시는 돈을 요구하는 뻘짓은 못 하겠지."

이장은 어쩔 수 없이 마을을 떠날 것이다.

그리고 그 뒤에 남은 사람들 중에서 이장처럼 돈을 뜯어내려고 하는 사람은 없을 것이다.

"확실한 복수네."

"그리고 확실한 해결책이기도 하지."

"해결책?"

오광훈은 고개를 갸웃했다.

복수는 될 수 있을 것 같지만 해결된 건 없어 보였으니까.

"해결책은 이거야."

노형진은 주머니에서 전단지 하나를 꺼내 들었다.

거기에 쓰인 말을 보고 오광훈은 기가 막혔다.

집 삽니다. 연락 주세요.

"이게 뭐야?"

"저들이 우리에게 이런 짓을 하지 못하게 하는 가장 확실한 방법. 그건 내가 이 지역 주민이 되는 거지."

여기서 살 필요는 없다.

하지만 이 지역 주민이 되면 그에 따른 권한을 행사할 수 있게 된다.

그리고 그들에게는 노형진이 계속 감시하는 느낌이 들 수밖에 없다.

"너 진짜 확실하게 못 박아 버리는구나."

"그래야지."

노형진은 시끄러운 마을을 바라보면서 차갑게 말했다.

"가문의 원수들에게 복수는 해야지, 후후후."

다음 권으로 이어집니다

꿈의 도약, 로크에서 하십시오
(주)로크미디어에서 신인 작가를 모십니다

즐거운 세상, 로크미디어는 꿈을 사랑하고 도전을 두려워하지 않는 작가 분들의 참신한 작품을 기다리고 있습니다. 21세기 장르 문학계를 이끌어 갈 차세대 선두 주자 (주)로크미디어에서 여러분의 나래를 활짝 펴 보시길 바랍니다.

모집 분야 판타지와 무협을 포함한 장르 문학
모집 대상 아마추어 작가, 인터넷 작가
모집 기한 수시 모집
   작품 접수 시 유의 사항
   1. 파일명은 작가명_작품명.hwp형식을 갖춰 주십시오.
   1. 파일에 들어갈 내용은 다음과 같습니다.
      − 성명(필명인 경우 실명을 밝혀 주세요), 연락처, 이메일 주소
      − 제목, 기획 의도
      − A4용지 1장 분량의 등장인물 소개
      − A4용지 2장 분량의 전체 줄거리
      − 본문
   1. 작품이 인터넷에 연재되고 있다면, 게시판명과 사이트의 구체적이고 정확한 주소를 기재해 주십시오.

선택된 작품은 정식 계약 후 출판물로 간행되어 전국 서점에 유통됩니다.
작가 분은 (주)로크미디어의 전폭적인 지원하에 전속 작가로 활동하시게 됩니다.
※ 자세한 내용은 로크미디어 홈페이지(rokmedia.com)를 참조하세요.

(03920)서울시 마포구 성암로 330 DMC첨단산업센터 3층 318호
(주)로크미디어 편집부 신간 기획 담당자 앞
전화 : 02) 3273-5135
www.rokmedia.com   이메일 : rokmedia@empas.com

음악의 신들과 함께한다

이한성 현대 판타지 장편소설

철 哲宗 종

강동호 대체역사 소설

『효종』『대망』의 작가, 강동호!
미래의 지식으로 군림할 **철종**과 돌아오다!

4년 차 역사학 시간강사 태수
전임 교수 임명에 제외된 날 트럭에 치였는데
정신을 차리니 철종이 되었다?

세계열강이 아시아를 욕심내는 1850년대
조선을 지키기도 벅찬 마당에
국정 농단으로 나라를 좀먹는 세도정치와
온갖 패악을 부리는 서원까지……

내탕금을 털어 키운 정보 조직을 이용해
내부의 적은 때려잡고
화폐개혁과 군사제도 역시 개편해
전쟁의 역사에 맞서 조선의 운명을 뒤바꾼다!

예정된 혼돈의 시대
시간을 거스른 철종, 진정한 군주가 되어
조선을 지키고 세상을 가질 것이다!